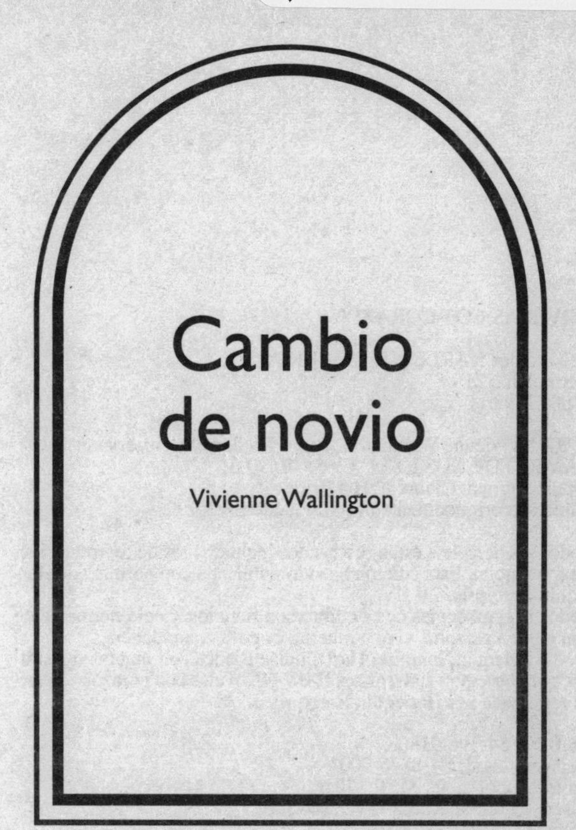

Cambio de novio

Vivienne Wallington

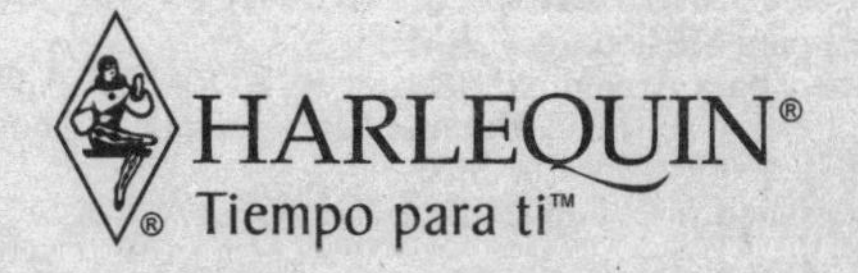

NOVELAS CON CORAZÓN

Editado por HARLEQUIN IBÉRICA, S.A.
Hermosilla, 21
28001 Madrid

CAMBIO DE NOVIO, Nº 1265 - 10.10.01
Título original: Claiming His Bride
Publicada originalmente por Silhouette Books.

I.S.B.N.: 84-396-9180-7
Depósito legal: B-38875-2001
Editor responsable: M. T. Villar
Diseño cubierta: María J. Velasco Juez
Fotomecánica: PREIMPRESIÓN 2000
C/. Matilde Hernández, 34. 28019 Madrid
Impresión y encuadernación: LITOGRAFÍA ROSÉS, S.A.
C/. Energía, 11. 08850 Gavá (Barcelona)
Fecha impresión Argentina:20.2.02
Distribuidor exclusivo para España: LOGISTA
Distribuidor para México: INTERMEX, S.A.
Distribuidores para Argentina: interior, BERTRAN, S.A.C. Vélez Sársfield, 1950. Cap. Fed./ Buenos Aires y Gran Buenos Aires, VACCARO SÁNCHEZ y Cía, S.A.
Distribuidor para Chile: DISTRIBUIDORA ALFA, S.A.

Capítulo 1

GUAU! ¡Mira cuántos fotógrafos hay! –Ruth Ashton miraba con asombro los jardines de los Salones Buganvilla desde el cuarto donde se vestía la novia–. Y todos han venido para verte, Suzie.

Su hija daba vueltas frente al espejo de cuerpo entero, haciendo girar la falda de encaje del vestido de novia que ella misma había diseñado. Lucy, la dama de honor de Suzie, vestida en seda azul celeste, mariposeaba a su alrededor, asegurándose de que todo estaba como debía estar.

–Han venido a ver mi vestido, no a verme a mí. Quieren ver con qué fabuloso diseño aparezco esta vez –a Suzie le temblaba un poco la voz. Ella había querido una ceremonia sencilla e informal, pero su boda se había convertido al final en un circo mediático.

–Bueno, no todos los días una joven diseñadora sin firma propia gana el prestigioso Premio al Mejor Vestido del Año de Australia –la cara de su madre resplandecía de orgullo–. La publicidad que te dará la boda lanzará tu carrera, querida. Han venido los editores de las principales revistas de moda.

–Solo he permitido que vengan todos esos fotógrafos y chupatintas –replicó Suzie en tono arisco– para salvar Jolie Fashions. Porque no quiero que se hunda, después de lo bien que se han portado conmigo –la firma de moda afincada en Sidney luchaba por subsistir, a pesar de las muchas deudas que había dejado un contable deshonesto–. Todo esto dará publicidad a Jolie, sobre todo teniendo en cuenta que mi vestido, el de mi madre, el de mi suegra y el de buena parte de las invitadas son diseños suyos.

–Querida, los compradores inundarán Jolie Fashions de pedidos en cuanto vean las fotos de tu vestido. Tu boda aparecerá en todas las revistas de alta costura y Jolie tendrá toda la publicidad que necesita. Y tú también, querida –a Ruth se le empañaron los ojos–. Estás preciosa, cariño. Nunca he visto una novia tan guapa. Tristan estará muy orgulloso de ti.

Tristan. Suzie tragó saliva. Su príncipe azul. Amable, tranquilo, formal, responsable, encantador, rico... El perfecto marido. Quizá no fuera un hombre de los que despertaban pasiones, pero las pasiones eran peligrosamente engañosas. Con Tristan, Suzie siempre sabría qué terreno pisaba. Era un hombre en el que se podía confiar, no como...

Suzie apartó aquel pensamiento, negándose a pensar en Mack Chaney el día de su boda. Ni cualquier otro día. Mack era agua pasada. Por suerte para ella.

–Vais a ser la pareja perfecta –dijo Lucy con un suspiro. Tristan era tan guapo y tenía tanto dinero... Y su amiga Suzie, a la que conocía desde el colegio, había dejado de ser una desgreñada adolescente para convertirse en una verdadera princesa.

Sí, todo era perfecto. Casi demasiado perfecto. De pronto, Suzie sintió una punzada de inquietud. Todo parecía irreal, como un sueño. Como el cuento de la Cenicienta. Ella nunca había tenido esperanzas de encontrar al hombre perfecto. Los hombres con los que solía relacionarse eran cualquier cosa, menos perfectos. Igual que ella.

Se acercó rápidamente a la ventana, tambaleándose un poco sobre los altos tacones de satén. No se atrevía a mirar a su madre, ni a Lucy, por miedo a que descubrieran la expresión de culpabilidad que había en sus ojos.

Tristan no la conocía en absoluto. No conocía a la verdadera Suzie. A la Suzie impulsiva, frívola y descuidada. Solo conocía a la elegante y refinada Suzanne, como él prefería llamarla, a esa mujer distinguida y sosegada que ella había aparentado ser en los últimos tres meses, con el apoyo entusiasta de su madre.

En cuanto Suzie, tres meses atrás, en los Premios Nacionales de la Moda, había puesto la vista encima a aquel joven potentado de la industria del cuero, su madre había decidido no dejarlo escapar. Hasta la madre de Tristan, la remilgada Felicia Guthrie, había aceptado finalmente a su futura nuera, a pesar de su origen humilde y vulgar.

A ello había ayudado, por supuesto, que Suzie hubiera ganado recientemente el Premio al Vestido del Año. Ese premio la había convertido en alguien. En una joven diseñadora con un futuro prometedor.

Suzie se quedó con la boca seca al ver la inmensa multitud que se agolpaba en los jardines, detrás de la cual había un tropel de fotógrafos armados con sus cámaras y sus enormes objetivos, solo para ver su espectacular diseño.

Pasó la mano con nerviosismo por las largas mangas del elegante vestido de encaje, por el corpiño cuajado de perlas y por la falda acampanada. Su pelo rizado había sido cuidadosamente peinado en largos mechones lisos, como siempre en los tres últimos meses. En la cabeza llevaba una pequeña diadema de perlas y un finísimo velo corto que no ocultaba el suntuoso vestido.

–¿Dónde está Tristan? –dijo, en voz más alta de lo normal–. Se supone que es la novia la que llega tarde, no el novio.

Como su padre había muerto, Suzie había decidido hacer su aparición en el jardín del brazo de su futuro marido.

–Llegará enseguida –dijo su madre suavemente.

Lucy corrió a la puerta y miró hacia el exterior.

–¡Está subiendo las escaleras! ¿Estás lista, Suzie?

–Supongo que sí –Suzie respiró hondo. En cuanto viera la brillante sonrisa de Tristan, se sentiría mucho mejor.

El novio entró en la habitación unos segundos después. Parecía un figurín, vestido con su elegante traje blanco hecho a medida y su pelo dorado que brillaba bajo la lámpara de cristal. En el exterior, a la luz del sol, brillaría aún más.

–Suzanne... Pareces un sueño. Una princesa.

En cuanto Suzie sintió la calidez de su sonrisa y vio el orgullo que brillaba en sus tiernos ojos grises, todas sus dudas se desvanecieron. Con Tristan, tendría una vida tranquila y segura. Paz, seguridad y alegría era lo que buscaba después de las luchas, las frustraciones y los vaivenes emocionales que su madre y ella habían tenido que soportar de su padre, un hombre encantador y brillante, pero absolutamente irresponsable. La clase de vida que habría tenido que soportar si hubiera estado lo bastante loca como para dejarse llevar por la abrumadora pasión que le había inspirado Mack Chaney.

Haberse comprometido con Mack hubiera sido un desastre. Los tipos como él no estaban hechos para una vida de zapatillas de andar por casa. Para la clase de vida que ella deseaba. A Mack solo le importaba correr a toda velocidad con su Harley Davidson, jugar con su ordenador, navegar por Internet y construir castillos en el aire. Por no mencionar sus otros vicios.

–¿Estás lista? –le preguntó Tristan, devolviéndola a la realidad. Aquel era el día más importante de su vida y ella se ponía a pensar en...

No, no lo haría.

Tristan se dirigió a la puerta, pero no llegó a alcanzarla. De pronto, alguien irrumpió en la habitación.

Suzie se quedó boquiabierta al ver a Mack Chaney aparecer ante ella como un ángel vengador, o como un demonio, vestido con una chaqueta negra de cuero, pantalones de cuero ajustados y botas negras. Sus ojos oscuros brillaban con determinación y su espeso pelo negro estaba tan despeinado como siempre.

–¿De veras piensas casarte con este farsante? –gritó, plantándose delante de ella–. Nunca pensé que siguieras adelante con esto, Suzie. Pensaba que verías la luz antes de llegar hasta aquí.

–¿Cómo te atreves a presentarte aquí y...? –Suzie se interrumpió–. ¿Qué quieres decir con farsante?

–¡Sacadlo de aquí! –gritó su madre–. ¡Llama a seguridad! –le ordenó a Lucy.

–¡Espera! –Mack levantó una mano–. No puedes casarte con Tristan Guthrie, Suzie. A menos que quieras que tu matrimonio sea ilegal.

Suzie vio que Tristan se estremecía y oyó el gemido de su madre. Miró a su asombrado novio, pero él no se atrevió a mirarla, ni hizo ningún gesto para reconfortarla. Ni siquiera le ofreció la mano. Parecía haberse quedado paralizado y mudo por la impresión, con los ojos clavados en la cara morena y atractiva de Mack Chaney.

La madre de Suzie dio un paso hacia delante, con la cara crispada por la furia.

–Serías capaz de cualquier cosa, ¿verdad, Mack? ¡Siempre supe que solo nos traerías problemas!

Mack sonrió ligeramente.

–Creo que el hecho de que Tristan Guthrie ya esté casado justifica mi presencia aquí.

Suzie se tambaleó, aturdida. Pero fue Mack quien se acercó para sostenerla, no Tristan. Tristan estaba todavía congelado y sin habla.

–¿Esta es una de tus bromas de mal gusto? –siseó Suzie, furiosa, cuando el mareo empezó a remitir. No era la primera vez que Mack le gastaba una broma pesada.

–¿Por qué no le preguntas al novio? –sugirió Mack con sorna.

–No hace falta –replicó ella–. Todo esto da risa.

Pero Tristan no se reía.

–Está claro que has cometido un error. ¡O que te lo has inventado! –dijo ella, con un desprecio que ocultaba su creciente inquietud. ¿Por qué estaba Tristan tan callado? ¿Por qué no lo negaba? ¿Por qué no echaba a Mack?–. Tristan, dime que no es cierto –Suzie miró fijamente al novio. Este se había puesto pálido–. Tristan... –lo miró a los ojos, suplicante–. Dime que no es verdad.

Al fin, Tristan logró hablar, con la voz muy ronca.

–Claro que no es verdad –miró con reproche a Mack, pero en sus ojos grises no parecía haber mucho ímpetu. Se le quebró la voz al decir–. ¿Qué prueba tiene? Habrá oído algún chismorreo malintencionado.

–Sí, pero ese chismorreo me llevó a investigar su

pasado –replicó Mack–. No tardé en descubrir su secreto. Se casó hace diez años, cuando estudiaba en la universidad, y nunca ha obtenido el divorcio –se sacó unos papeles del bolsillo–. Aquí hay una copia de su certificado de matrimonio, y una confirmación por escrito de que no se ha divorciado.

La pálida cara de Tristan pareció contraerse cuando se volvió hacia su novia y la tomó de la mano.

–Podemos arreglarlo –dijo, con voz suplicante–. Yo lo arreglaré.

–¿Quieres decir que es cierto? –Suzie retrocedió. ¿Tristan estaba casado y no se lo había dicho? ¿El perfecto, distinguido y formal Tristan le había mentido? ¿La había engañado? Ella siempre había creído que Tristan era tan sincero, tan sensato, tan honorable...

Incapaz de creerlo, volvió a preguntárselo muy despacio:

–¿Te casaste con otra hace diez años y todavía sigues casado?

Tristan empezó a sonrojarse.

–Aquello no fue un verdadero matrimonio, te lo juro. No había amor. Fue solo un... –vaciló, angustiado–... un matrimonio de conveniencia –farfulló, en voz tan baja que Suzie apenas lo oyó–. Ella era extranjera, una estudiante que quería quedarse en Australia. Me casé con ella solo por hacerle un favor –declaró, lastimosamente–. Nos casamos en secreto y nadie se enteró. Al cabo de unos meses, nos separamos y seguimos caminos distintos.

–¿Y dónde está ella ahora? –preguntó Suzie, sintiéndose enferma. ¡Había estado a punto de casarse con un bígamo! ¿Y no era una vergüenza, se preguntó sombríamente, que Tristan hubiera querido casarse con engaños? ¿Cómo podía ser tan deshonesto?

Tristan juntó las manos.

–No sé dónde está. Un año después de nuestra... boda, oí que se había ido de misionera a algún remoto lugar de África –dejó escapar un gemido de disgusto–. Intenté encontrarla para arreglar los papeles del divorcio, pero parece haber desaparecido de la faz de la tierra. Nadie sabe dónde está. Nunca he vuelto a saber nada de ella. Seguramente estará muerta.

–Te lo habrían notificado, si hubiera muerto –intervino Mack fríamente–. Tú eres su marido, su pariente más cercano.

Suzie empezó a marearse otra vez.

–La encontraré, querida –Tristan la agarró por el brazo–. Me divorciaré. Llevamos años separados, así que, aunque no la encuentre, no será difícil...

Suzie miró su cara pálida y atractiva, su mentón tembloroso, sus grandes ojos grises que no se atrevían a mirarla directamente, y por primera vez lo vio tal y como era. Un fantoche caprichoso, banal y sin carácter, tal y como decía Mack.

–¿Cómo has podido hacerlo, Tristan? –gimió–. ¿Cómo has podido ocultarme una cosa así? ¡Y decías que me querías y que deseabas compartir tu vida conmigo...!

–Yo... lo olvidé –dijo él débilmente, pero una sola mirada le bastó a Suzie para saber que mentía. Se preguntó si habría hecho algún intento de encontrar a su mujer o si eso también sería mentira–. Fue hace mucho tiempo, querida... Éramos muy jóvenes, unos alocados estudiantes. Aquello no significó nada... Yo apenas la conocía... y, además... Bueno, se fue de Australia hace años, así que, ¿para qué iba a decírtelo?

Suzie reprimió un grito.

–Porque todavía estás casado con ella, Tristan... ¿Es que no lo entiendes?

Él parecía incapaz de aceptar que había cometido un error. Solo quería olvidar todo el asunto, como si nunca hubiera ocurrido.

«¡Oh, Tristan!», pensó Suzie. «¡Y yo que me sentía culpable porque pensaba que tú no me conocías!»

–Vete, Tristan –no quería seguir escuchando sus torpes excusas–. Nunca me casaré contigo, te divorcies o no.

–Te sugiero –le dijo Mack al novio– que bajes a buscar a tu madre y que te la lleves discretamente, para ahorrarle la vergüenza de un escándalo público.

Tristan lo miró con cierto alivio.

–Sí, sí, así lo haré –salió de la habitación murmurando una disculpa, sin atreverse a mirar a Suzie.

«Cobarde», pensó esta, agradecida porque Mack la hubiera salvado de casarse con semejante pelele. Aunque habría preferido que no hubiera sido él quien la rescatara.

–Oh, querida, ve detrás de Tristan –le suplicó su madre–. ¿No podrías casarte y después..? –se interrumpió al ver la mirada de desprecio de su hija–. Bueno, al menos dale una oportunidad de... salir de esta embarazosa...

–Mamá, no voy a casarme con Tristan –dijo Suzie con firmeza–. ¿Cómo iba a confiar en él después de esto? Yo pensaba que era un hombre honesto e íntegro. Pensaba... que era perfecto.

Suzie oyó una risa reprimida detrás de ella y arrugó el ceño. Mack se estaba divirtiendo con todo aquello, no cabía duda. Se estaba haciendo el héroe.

–Nadie es perfecto, querida –dijo su madre–. Todos tenemos cosas buenas y malas. Nunca encontrarás al hombre perfecto. Pero Tristan es lo más parecido a la perfección que vas a encontrar –lanzó una mirada virulenta a Mack. A Ruth nunca le había gustado Mack–. Y te quiere.

–¿Ah, sí? –preguntó Suzie. ¿Eran unos pocos y castos besos prueba del amor de un hombre? ¿Lo había querido ella realmente alguna vez? ¿O solo se había dejado seducir por la idea de un futuro seguro y sosegado?

–Suzie, ¿qué vas a hacer? –gimió su madre–. Todo el mundo está esperándote, querida. Todos esos fotógrafos y esos críticos de moda, ansiosos por ver tu vestido de novia... Y la gente de Jolie Fashions confía en ti para salvar la empresa...

A Suzie le daba vueltas la cabeza. Aquel sueño irreal se había convertido en una pesadilla demasiado real. ¿Qué podía hacer? Desde luego, no iba a correr detrás de Tristan para pedirle que siguieran adelante con aquella farsa. Ni siquiera para salvar Jolie Fashions...

Sintió una punzada de tristeza al pensarlo. En Jolie Fashions la habían aceptado cuando solo era una estudiante de diseño sin ninguna experiencia; le habían dejado tiempo libre para seguir con sus estudios y hasta le habían pagado las tasas de la escuela. Y, después, le habían dado trabajo como diseñadora junior y la habían animado a presentarse al Premio al Vestido del Año. ¡Ella se lo debía todo a Jolie Fashions!

–Suzie, recuerda lo que Jolie ha hecho por nosotras –le suplicó su madre–. Debes ir en busca de Tristan.

Suzie sintió una opresión en el pecho al oír a su madre. La gente de Jolie Fashions se había comportado maravillosamente con Ruth, dándole trabajo como modista cuando necesitaba desesperadamente un empleo remunerado. ¿Cómo iba a quedarse de brazos cruzados mientras Jolie se hundía, arrastrando a su madre con ella? Sin sus ricas clientas de Jolie Fashions, Ruth tendría que empezar otra vez.

Mientras seguía allí parada, intentando tomar una decisión, Mack volvió a hablar.

–Hay una solución –dijo, mirándola fijamente a los ojos–. Podrías casarte conmigo, Suzie.

Capítulo 2

HE CONSEGUIDO una licencia especial –se apresuró a decir Mack–. El juez ya tiene los documentos. Solo hace falta que firmemos, Suzie.

Ella se giró para mirarlo, demasiado asombrada como para preguntarle de dónde había sacado una licencia especial. Él la traspasó con la mirada. Si aquella era una de sus bromas pesadas, no lo parecía.

–Podemos bajar al jardín ahora mismo –continuó Mack–, casarnos frente a todos tus amigos y a ese tropel de periodistas, conseguir toda la publicidad que necesitas para ayudar a Jolie Fashions y para salvar las apariencias y luego disolver el matrimonio, si eso es lo que quieres –miró a la madre de Suzie.

Ruth vaciló. Ella sabía mucho acerca de salvar las apariencias. Se había pasado toda su vida de casada fingiendo que su matrimonio era normal y que su marido no era el inútil fracasado que era en realidad. Ver cómo su hija se casaba con Mack Chaney le parecía casi intolerable. Sin embargo, si pensaban disolver el matrimonio después...

–¿Pero qué le diremos a todo el mundo?

–Diremos que su hija no pudo seguir adelante con su boda con Tristan Guthrie porque decidió seguir el dictado de su corazón –contestó Mack–. Luego, siempre podremos decir que no funcionó.

Ruth parecía haberse tragado un limón.

–Me refería a qué les diremos sobre ti. Todo el mundo sabe que mi hija no se casaría con un motero sin oficio ni beneficio.

A Suzie seguía dándole vueltas la cabeza. Sus voces parecían llegarle desde muy lejos. ¿Seguir el dictado de su corazón? ¿Estaba soñando... o deslizándose en una pesadilla?

–Dígales que me dedico a la informática –dijo Mack tranquilamente.

Ruth dio un bufido.

–¡No puedes casarte así vestido!

–A los de las revistas les encantará ver a un novio vestido de cuero negro –dijo Lucy, excitada–. ¡Es tan romántico!

Ruth se puso una mano sobre el pecho.

–¿Pero por qué tienes que ser precisamente tú? –gimió, mirando a Mack.

Este apretó los dientes.

–Supongo que porque soy el único al que se le ha ocurrido investigar el pasado de Guthrie. Y porque me importa lo que le pase a su hija, señora Ashton.

–¿Y crees que mi hija quiere tener algo que ver contigo? –los ojos de Ruth echaban chispas–. ¡Pues no quiere! Ya te lo dejó claro en el pasado –intentó tragarse la rabia y desvió la mirada–. Pero si dices en serio que esto solo será un arreglo temporal... y si mi hija está de acuerdo...

Si era por salvar las apariencias... por salvar Jolie Fashions... por salvar la carrera de su hija...

–Bueno, Suzie –Mack se volvió hacia ella –. La decisión es tuya.

Pero Suzie no podía pensar. El ataque de su madre contra Mack había surtido un curioso efecto sobre ella: casi le habían dado ganas de defenderlo, de enumerar sus buenas cualidades. Pero, en el estado de confusión en que se encontraba, era incapaz de recordar ninguna. En los últimos tres años se había pasado la mayor parte del tiempo recordándose a sí misma los muchos defectos de Mack, sus muchos pecados. Intentando pensar solo en ellos.

Mack notó su confusión y se relajó un poco. Aquello iba a resultarle más fácil de lo que había pensado.

–¡La señora Guthrie se va! –chilló Lucy desde la ventana–. Y la gente que estaba con ella. Pero no veo a Tristan por ninguna parte. Debe de haber mandado a alguien a hablar con su madre.

¿Ni siquiera había tenido el valor de enfrentarse a su madre? Qué patético, pensó Suzie, asqueada. Qué suerte había tenido de librarse de él en el último momento... gracias a Mack.

Se le ensombreció la mirada. No quería deberle nada a Mack Chaney.

Él sintió una punzada de ansiedad. Había visto aquella mirada otras veces. «No des marcha atrás ahora, Suzie».

–Te prometo que te daré el divorcio enseguida, en cuanto me lo pidas. Firmaré lo que quieras –la miró fijamente, desafiándola... aunque contuvo el aliento.

Mientras ella le sostenía la mirada, su madre volvió a hablar.

–Suzie, querida, si vas a seguir adelante con esta boda, será mejor que te decidas. El juez te espera... Tendrás que ponerle al corriente de los cambios...

–Pensará que nos hemos vuelto locos –dijo Suzie débilmente.

A Mack le brillaron los ojos. ¡La boda iba a continuar!

–Locos el uno por el otro –dijo suavemente, intentando ocultar su impaciencia.

–Bajaré al jardín y les diré a todos que ya estás lista –Ruth ya se movía hacia la puerta–. Me imagino sus caras cuando te vean aparecer del brazo de un motero vestido de cuero.

–Solo tendrán ojos para la novia –murmuró Mack–. A mí ni siquiera me mirarán.

–¿Tú crees? –susurró Lucy, mirándolo con avidez. Mack era mucho más romántico, a su manera peligrosa y pasional, que el impecable y angelical Tristan.

Mack le tendió la mano a Suzie.

–¿Bajamos? –dijo, con una sonrisa radiante.

Aquella sonrisa bastó para convencer a Suzie. Eso era lo que había soñado antaño: caminar hacia el altar del brazo de Mack Chaney... Antes de comprender que nunca podría confiar en él.

Pero ya no tenía que preocuparse del futuro. No estarían casados el tiempo suficiente. Sin embargo, podía vivir su antiguo sueño, aunque fuera solo por un día.

Suzie le dio la mano e intentó componer la sonrisa que tendría que mantener el resto de la tarde.

De alguna forma lo logró, aunque la cabeza seguía dándole vueltas y casi no sentía el suelo bajo los pies. Apenas era consciente de lo que pasaba, salvo a través de vagas impresiones: el fotógrafo oficial de la boda esperando al pie de la escalera, el juez acercándose para hablar sobre la ceremonia y el papeleo necesario, el destello de las cámaras cuando Mack y ella aparecieron en el jardín soleado, las exclamaciones de admiración ante su vestido y, por último, las caras de asombro de los invitados mientras avanzaba entre ellos con Mack a su lado y Lucy detrás.

Pronunciaron sus votos frente a un cenador sombreado. Mack sacó un anillo que, según le confesó, había pertenecido a su madre. Mack había estado muy unido a su madre, de modo que aquel anillo significaba mucho para él. Suzie se sintió conmovida por aquel gesto.

–Sí, quiero –se oyó decir a sí misma cuando le llegó el turno. Y, de pronto, estaba casada y todo el mundo esperaba que Mack y ella se besaran. Y él la besó...

Las cámaras se volvieron locas. Como cualquier pareja de recién casados, tuvieron que firmar más documentos en una mesa dispuesta dentro del cenador, antes de soportar otra oleada de fotografías. Los invitados, muchos de ellos resplandecientes en sus diseños de Jolie Fashions, también fueron fotografiados. Los jefes de Suzie estaban encantados.

Fue un alivio escapar por fin de aquel circo. Los recién casados se retiraron con sus invitados al edificio donde iba a celebrarse la recepción, al que los medios tenían prohibido el acceso. Pero los fotógrafos ya tenían lo que buscaban y se dispersaron rápidamente.

Cuando los invitados se distribuyeron por los salones profusamente iluminados y engalanados con flores, se sirvieron el champán y los aperitivos y el nivel de ruido comenzó a crecer. Todos se divertían. Los ánimos parecían haberse distendido después del inesperado giro que habían dado los acontecimientos.

Tristan y su madre hubieran preferido una recepción formal, pero Suzie había insistido en celebrar una fiesta, con un bufé libre y una torre de profiteroles en lugar del típico pastel de bodas. Una banda de jazz tocaba en el escenario y algunos invitados ya habían comenzado a bailar.

–¿Podemos salir de aquí? –le rogó Suzie a Mack mientras pasaban de un salón a otro, evitando discretamente preguntas comprometidas. Buena parte de los invitados eran amigos de Tristan y estaban muy intrigados–. Quiero irme a casa. Nadie notará que nos hemos ido. Con todos estos salones, podríamos estar en cualquier parte.

–Por mí, de acuerdo –los ojos negros de Mack parecían impenetrables–. Nos escabulliremos por la puerta de atrás. Pero será mejor que se lo digas a tu madre.

–Supongo que sí. Espera aquí –Suzie se adentró entre la multitud hasta que encontró a su madre, derrengada en una silla–. Mamá, tengo que salir de aquí. Estoy agotada. Voy a escabullirme.

Su madre asintió, compasiva.

–Me iré a casa contigo –dijo–. Necesitarás un hombro sobre el que llorar después de todo lo que ha pasado.

Suzie se quedó paralizada. Lo último que quería era la compasión de su madre, sobre todo si empezaba a hablar de Tristan. Inmediatamente, cambió de táctica.

–Mamá, Mack y yo vamos a ir a tomar una copa a algún sitio tranquilo. Luego iré a casa –le prometió–. No tengo intención de pasar la noche con Mack –le aseguró a su madre. Esta asintió, aliviada–. No me esperes levantada –añadió, y desapareció.

Unos instantes después, Suzie salió al patio con Mack. El aire frío la golpeó en la cara. La tarde otoñal había sido cálida y soleada, pero al anochecer el cielo se había nublado y amenazaba lluvia. Suzie miró a su alrededor.

–El coche de la comitiva no está por aquí –gruñó–. Debe de estar en la entrada principal.

–No lo necesitamos –Mack tiró de ella hacia una reluciente motocicleta negra.

Suzie se detuvo.

–Yo no voy a montarme en ese cacharro. Odio las motos.

–Antes te encantaban.

–Sí, antes de... –se interrumpió, sintiendo un escalofrío. Antes de que su padre se estrellara con su Harley contra un poste de la luz.

–Lo sé, Suzie, y siento mucho lo de tu padre, pero conmigo estarás a salvo, te lo prometo.

¿A salvo, con Mack Chaney? ¿Cuándo había estado ella a salvo con Mack Chaney, el soltero más salvaje de Sidney?

Aunque ya no era soltero. Era su marido. Suzie empezó a temblar. Comenzaba a reaccionar.

Mack la agarró de los hombros con sus fuertes manos.

–Ya sabes lo que dicen cuando uno se cae del caballo –su voz tenía un acento seductor y persuasivo... Un acento que a Suzie le trajo perturbadores recuerdos–. Hay que volver a montarse y galopar como si le llevaran a uno los demonios.

Ella lo miró a los ojos y se estremeció. El único demonio con el que ella tenía que vérselas era con el propio Mack. Se había pasado los tres años anteriores luchando contra aquel demonio. Y, antes, otro año más, cuando salían juntos... por temporadas. Cuando Tristan Guthrie había entrado en su vida, tres meses atrás, Suzie había pensado que por fin se había librado de él.

Tristan. Su príncipe azul... ¡Bah! Debería haberse dado cuenta de que era demasiado perfecto para ser real. Sintió que los ojos se le llenaban de lágrimas.

–¿Quieres salir de aquí o no? –Mack ya se había

montando sobre su reluciente Harley y esperaba a que ella se decidiera.

–¡Sí, sácame de aquí! Pero... no quiero ir a casa todavía. Mamá se marchará pronto y no me siento con fuerzas para aguantarla esta noche. Vamos a tomar un copa a algún sitio tranquilo.

–Iremos a mi casa. ¡Sube!

¿A su casa? A Suzie le importaba poco adónde fueran. Solo quería salir de allí, antes de que alguien los viera y tratara de llevarlos adentro otra vez.

Se recogió la larga falda del vestido de novia y se montó detrás de él. Se había quitado la diadema y el velo previamente. Mack se puso un casco y le tendió a ella otro.

–Ten, ponte esto –le ordenó, pero ella sacudió la cabeza.

–Quiero sentir el viento. Necesito despejarme.

–No llevar casco es ilegal –le recordó Mack. Ella se echó a reír con una risa estridente, casi histérica. ¿Ilegal? ¡La bigamia era ilegal! No iba a cometer el crimen del siglo por no ponerse el casco. Pero, al final, se lo puso.

–Bueno, ¿nos vamos o qué?

–Nos vamos –Mack encendió el motor–. ¡Agárrate!

Ella se aferró a él con todas sus fuerzas cuando la potente máquina atravesó el aparcamiento y salió a la calle. La lluvia estaba aumentando y caía en gruesas gotas, cada vez con más fuerza.

Suzie cerró los ojos para sentir el viento y la lluvia sobre la cara. No quería pensar en los acontecimientos que habían tenido lugar en los Salones Buganvilla.

Notaba que su pelo cuidadosamente estirado comenzaba a rizarse a medida que la lluvia se deslizaba bajo su casco. Bueno, qué más daba ya. Tristan no iba a verlo. Y Mack, por otra parte, seguramente haría algún comentario sarcástico sobre su nuevo aspecto, tan artificial, en cuanto llegaran a su santuario.

¿A su santuario? Un escalofrío le recorrió la espalda. Al casarse con Mack Chaney, ¿no habría cambiado lo malo por lo peor?

En cuanto doblaron la primera esquina, Mack llevó la moto hacia el arcén y la detuvo.

–¿Qué haces? –gritó Suzie cuando él se bajó.

Enseguida se dio cuenta de que iba a quitarse la chaqueta de cuero. Debajo llevaba una camiseta interior de color negro que enfatizaba los músculos de su pecho y de sus imponentes brazos morenos. Suzie se mordió el labio, preguntándose si habría añadido las visitas frecuentes al gimnasio a sus actividades lúdicas.

–Toma. Póntela –Mack la ayudó a ponerse la chaqueta, que, aunque le quedaba muy grande, era abrigada y cómoda–. Te protegerá un poco.

Sorprendida por su inesperada galantería, Suzie contestó con una advertencia.

–Gracias, Mack. Ahora serás tú quien se moje.

–No te preocupes por mí –murmuró él mientras volvía montarse en la moto. Había un toque burlón en su voz, como si dijera: «¿Cuándo te has preocupado tú por mí?»– ¿Estás lista? ¡Agárrate, Suzie! –la motocicleta salió disparada.

La lluvia empezó a arreciar. Suzie notaba sus rizos mojados colgándole sobre las mejillas y el cuello. Pensó en Tristan y sonrió. ¿Qué le importaba ya que su pelo volviera a su estado natural y estropeara su fachada de dama sofisticada? ¿A quién le preocupaba, ahora que su príncipe azul había resultado ser una rana?

Al igual que había resultado serlo su príncipe negro, tres años antes.

Alzó la cara, como si la lluvia pudiera lavarlos a los dos de su recuerdo y de su vida. Pero era un gesto inútil, porque iba aferrada a la cintura del príncipe negro, llevaba su alianza en el dedo y pronto llegaría a su casa.

Capítulo 3

EN CUANTO Mack detuvo la moto en el estrecho aparcamiento de su modesta casa, la cual había heredado de su madre unos cinco años antes, Suzie empezó a temblar otra vez.

Había estado en casa de Mack unas cuantas veces durante los accidentados meses que habían pasado juntos. O mejor dicho, durante lo que se habían visto. En realidad, nunca habían estado juntos en «ese» sentido, aunque habían estado a punto en un par de ocasiones y sin duda lo habrían hecho si Mack no hubiera destruido la confianza que tenía en él al mostrar que poseía los mismos rasgos destructivos que habían arruinado la vida de su padre.

Su madre había desconfiado de Mack desde el principio y la había advertido que se mantuviera alejada de él. Suzie sabía en el fondo que Ruth tenía razón, que Mack era el último hombre con el que debía salir, y menos aún enamorarse, pero por mucho que lo había intentado no había sido capaz de apartarse de él. Hasta esa horrible noche, tres años atrás... La noche en que Mack le había demostrado, con dolorosa claridad, que no era diferente de su padre.

Decepcionada, se había negado a verlo otra vez, a contestar a sus llamadas y hasta a hablar con él cuando se presentó en el funeral de su padre, unos pocos meses después. Había querido dejarle claro a

Mack que todo había acabado entre ellos, y que quería romper toda relación con él.

–Ya hemos llegado, Suzie. Ya puedes soltarme –dijo Mack, y ella se dio cuenta de que todavía estaba agarrada a su espalda. Lo soltó como si de pronto se hubiera quemado, y se bajó de la moto, gimiendo cuando miró hacia abajo y vio sus zapatos de satén manchados de barro y la falda de su elegante vestido de boda completamente empapada.

–¡Se me ha estropeado el vestido! –exclamó–. ¿Nunca has pensado en comprarte un coche?

–¿Y dejar mi Harley? –Mack sonrió a través de la lluvia. Bajo la luz del porche, las gotas que se habían posado sobre sus cejas y sus espesas pestañas daban a sus ojos negros un brillo nacarado–. Vamos dentro, Suzie. Tenemos que quitarnos esta ropa. Estamos empapados –la camiseta se le había pegado al pecho como una segunda piel.

Suzie se puso en estado de alerta.

–Yo estoy bien –balbuceó, preguntándose por qué había accedido a ir a su casa. ¿Es que estaba loca? ¡Aquello no era un verdadero matrimonio! Habían acordado que no iba a durar–. Tu chaqueta me ha mantenido seca y caliente –murmuró.

–Pero solo por arriba –él sonreía todavía, mirando su vestido empapado y sus zapatos–. No creo que tu vestido de novia vaya a sobrevivir. Espero que no se te ocurra volver a casarte con Tristan cuando los dos volváis a ser libres. Suponiendo que se divorcie, claro.

Ella estuvo a punto de gritarle: «¡No, no se me ocurrirá!», pero se contuvo y frunció el ceño. Tal vez fuera bueno que Mack tuviera dudas. Por si acaso. Mack tenía unos increíbles poderes de persuasión, como ya le había demostrado otras veces, cuando ella había querido dejarlo. Hasta que le había enseñado su verdadero carácter aquella fatídica noche, y Suzie le había dejado claro que habían acabado para siempre.

Sin embargo, todavía no era inmune a Mack. No del todo. Se había dado cuenta mientras iba abrazada a él en la moto. Al tocar sus músculos, se le había acelerado el corazón. Tendría que mantenerse en guardia todo el tiempo que estuviera con él.

Mientras Mack subía los escalones de su destartalado porche, Suzie se tocó el pelo y se preguntó qué habría pensado Tristan si su pelo rebelde se hubiera rizado ante sus ojos. ¿Se habría reído y la hubiera querido más? ¿O la habría mandado inmediatamente a la peluquería para que se lo alisaran definitivamente?

No lo sabía. ¿Qué locura la había impulsado a querer casarse con un hombre al que apenas conocía?

Aquello solo había sido un sueño. Y los sueños no eran reales. Ni los cuentos de hadas.

Oyó un golpe y luego otro y se dio cuenta de que Mack se había quitado las botas. Cuando se quitó los calcetines, dejando al aire sus pies morenos, Suzie tragó saliva y miró hacia otro lado mientras se quitaba los zapatos de satén manchados de barro.

Mack abrió la puerta y le indicó que pasara.

–Me alegro de ver que sigues teniendo el pelo rizado, Suzie –comentó cuando entraron en una habitación que era una mezcla de cuarto de estar y taller. Mack encendió la luz, pero solo una de las tres bombillas de la lámpara funcionaba. Típico de Mack Chaney, pensó Suzie, mirando hacia el techo. Como en sus anteriores visitas, Mack parecía haber descuidado las tareas domésticas, sin duda demasiado absorbido por Internet o por su última gran idea.

Pero, al menos, la luz era suave.

–¿Qué diablos te habías hecho en el pelo? –preguntó él, acariciando uno de sus rizos mojados. Estaba pensando en lo guapa que estaba con sus rizos cayéndole en torno a las mejillas y en lo deseables que eran sus labios mojados y en lo avergonzada que se sentiría si supiera que se le había corrido el rímel–. ¿Y por qué?

Suzie apartó la cara.

–Necesitaba un cambio –de ningún modo iba a decirle la verdadera razón por la que se había alisado el pelo: para impresionar a Tristan Guthrie la noche que concedieron el Premio al Mejor Vestido del Año. Tristan, como presidente del imperio Moda en Piel Guthrie, era uno de los patrocinadores del evento y había presentado el premio principal.

Sabiendo que estaría allí, Ruth le había suplicado a Suzie que hiciera un esfuerzo por parecer más elegante y sofisticada, con la esperanza de que su hija llamara la atención de aquel deseado soltero. Envuelta en su vestido ganador, con su nuevo peinado y sus modales de gran dama, Suzie había hecho que su madre se sintiera orgullosa de ella. Y Tristan no había podido apartar los ojos de ella durante los tres meses posteriores.

–Me lo había alisado, eso es todo –dijo ella, encogiéndose de hombros–. De vez en cuando, a una le apetece cambiar.

–¿Y para qué cambiar lo que ya es perfecto?

Ella se estremeció. Mack era la única persona que la consideraba perfecta tal y como era. Todos los demás habían preferido su nuevo peinado y su aire sofisticado: su madre, sus compañeros de trabajo en Jolie Fashions, Tristan y su remilgada madre...

–Y no necesitas todo ese maquillaje –dijo Mack–. Es muy artificial.

–A Tristan le gustaba así.

Tristan nunca se había detenido a mirar a la verdadera Suzie. Una vez había ido a recogerla a Jolie Fashion por sorpresa y había pasado a su lado sin reconocerla.

–Pues deberías haberle gustado tal y como eres.

Ella volvió a encogerse de hombros. «Él nunca me vio tal y como soy».

Mack le pasó un dedo por la mejilla.

–Se te ha corrido el rímel –dijo, sonriendo suavemente–. Esos son los peligros del maquillaje. Pero estoy seguro de que a Tristan le gustaba ese aspecto tan sofisticado –la miró con ojos burlones–. A él le gustan las mujeres frías y calculadoras, por lo que he podido averiguar. A nuestro chico de oro no le gustaban las cosas demasiado cálidas o apasionadas...

–¿Por lo que has podido averiguar? –preguntó ella–. Todavía no puedo creerme que hayas tenido la desfachatez de investigar el pasado de mi prometido. ¡Y todo por despecho! –estaba demasiado enfadada como para reconocer que, si no lo hubiera hecho, ella nunca se habría enterado del matrimonio secreto de Tristan y se habría convertido en la mujer de un bígamo.

–No lo hice por despecho. Solo quería velar por tu bienestar. Pero podemos hablar de tu escurridizo ex prometido cuando tengas una copa en la mano. Y cuando te hayas quitado esa ropa mojada.

Ella se apartó, dando un respingo.

–Ah, te refieres a tu chaqueta –se la quitó rápidamente y se la devolvió–. Gracias –hizo una pausa, mirando hacia abajo–. Me imagino que no te importará que te manche la alfombra con pisadas de barro. ¿Cuánto tiempo hace que no la limpias? ¿Un siglo?

–arrugó la nariz, contemplando la calamitosa alfombra llena de manchas.

–Bah. Pronto la tiraré.

«Sí, seguro», pensó Suzie. «Cuando los cerdos vuelen».

–¿Qué has hecho: celebrar una fiesta salvaje aquí? ¿De qué son estas manchas? ¿De vino tinto? ¿O es que has apuñalado a alguien?

Él esbozó una sonrisa.

–Es grasa. Desmonté aquí la moto y la alfombra se manchó un poco.

Ella hizo girar los ojos.

–Cielos, Mack –exclamó, mirando a su alrededor–, esta habitación es un desastre. Una calamidad. Había pilas de papeles y cajas de cartón diseminadas por el suelo, en la mesa y en el escritorio sobre el que había un ordenador y un teclado. Los sillones estaban cubiertos de periódicos y revistas de informática–. ¿Es que nunca ordenas la casa, ni la limpias?

–Estoy demasiado ocupado. No voy a morirme por un poco de polvo y unos cuantos papeles. Además, nadie lo ve, excepto yo.

–Yo lo veo.

–¿Y desde cuándo te importa un poco de desorden, Suzie? –sus ojos negros brillaron–. Antes solo me veías a mí, y cada vez que me mirabas saltaban chispas entre nosotros.

Suzie quería detenerlo, pero se le formó un nudo en la garganta que le hizo imposible hablar.

–¿Te acuerdas de cuando íbamos a Hyde Park a escuchar a la banda y dar de comer a las palomas, Suzie? –continuó él–. ¿Y de cuando íbamos a ver las regatas al puerto de Sidney los fines de semana? ¿Y de cuánto nos gustaba reírnos y hablar de cualquier cosa bajo el sol? De música, de libros, de películas, de deportes, de política, de nuestros sueños, de nuestras ambiciones...

–¡Fantasías, en tu caso! –exclamó ella. El recuerdo de lo que había ocurrido tres años antes había lacerado su corazón, y la sorna parecía la mejor forma de ocultar el torbellino que se agitaba dentro de ella–. Siempre estabas hablando de lo que ibas a hacer con tu vida cuando tus brillantes ideas dieran el campanazo y ganaras montones de dinero. Pero, por lo que veo, no te has hecho ni rico ni famoso en los últimos tres años –lanzó una desdeñosa mirada a su alrededor–. Nada ha cambiado, ¿eh, Mack? Cuando te conocí, acababas de tirar por la borda un buen trabajo y habías dejado la universidad, y desde entonces nunca has vuelto a tener una verdadera ocupación. Ni mucho menos has dado el campanazo.

No, nada había cambiado, pensó Suzie, conteniendo un suspiro. Mack era igual que su padre. Todos sus sueños de hacerse rico y famoso se habían quedado en nada.

Mack dio un bufido

–¿Qué sentido tenía seguir en la universidad? Yo sabía más sobre ordenadores y programación que mis profesores. Y el trabajo que tenía en esa empresa de informática no tenía ningún futuro. Y he estado trabajando desde entonces. Cada vez que me siento delante del ordenador, estoy trabajando.

–Querrás decir, jugando –replicó ella.

–Inventando juegos nuevos –la corrigió él–. Programas y *softwares* nuevos.

–¡Que no le interesan a nadie!

Tres años antes, Suzie nunca se hubiera mostrado tan agria, sino que le habría restado importancia a los fracasos de Mack y lo habría animado a seguir adelante. Pero todavía le dolía el modo en que Mack había destrozado su confianza en él aquella noche traumática, mostrándole una cara que ella nunca había visto, y que no quería volver a ver.

–¡Mujer de poca fe! –suspiró él. Parecía divertido, más que afectado–. Cuánto has cambiado, Suzie. Antes, siempre me animabas.

–Hasta que me di cuenta de que eres igual que mi padre. Vives en tus sueños y nunca afrontas la realidad. Acabarás como él: sin haber conseguido nada en la vida.

–¿Por eso me arrancaste de tu vida como si nunca hubiera existido?

Suzie evitó mirarlo a los ojos. Nunca le había contado todo sobre su padre. Solo le había hablado de sus depresiones, de su alcoholismo y de la frustración de un artista brillante con un alma torturada. Tanto su madre como ella habían tratado siempre de ocultar las tendencias destructivas de su padre, de proteger la autoestima del hombre al que quisieron hasta el final, al igual que lo odiaban y se desesperaban por él.

–Yo solo tenía diecinueve años –se defendió ella–. Todavía era una estudiante. Tenía que concentrarme en mi carrera. No quería... comprometerme con nadie.

–Sobre todo, conmigo.

–Está bien... ¡sobre todo, contigo! Y tú nunca estuviste realmente conmigo. Nunca estuvimos juntos. Solo éramos amigos.

–¿Besas a todos tus amigos con la pasión que solías besarme a mí?

El recuerdo de su pasión despertó un antiguo calor dentro de Suzie.

–¿Cómo te atreves a echarme en cara mis errores de adolescente, hoy precisamente? Solo fueron unos pocos besos. Hablas como si hubiera sido una gran pasión.

En realidad, lo había sido... al menos, para ella. O podría haberlo sido, si él no se hubiera parecido tanto a su padre, si hubiera sido capaz de resistir las tentaciones a las que su padre había sucumbido. Todavía podía ver la mirada exaltada de Mack la noche que volvió del casino apestando a whisky.

Suzie intentó alejar aquel recuerdo.

Algo brilló en los ojos de Mack, pero no dijo nada. Se acercó a un armario que había en una esquina y sacó una botella medio vacía de whisky y dos vasos. Suzie frunció los labios. ¡Así que, todavía bebía whisky!

Mack sirvió el licor y le tendió un vaso.

–Toma, bébete esto mientras te traigo algo para ponerte. No tengo otro vestido de novia, pero sí un mono que te servirá. Será mejor que te des una ducha caliente y que te quites esa ropa antes de que agarres una pulmonía.

Salió de la habitación antes de que ella pudiera decir nada.

Suzie tomó un sorbo de whisky y tosió. Odiaba esa bebida por lo que había hecho de su padre, y raramente la probaba. Y Mack podía acabar de la misma forma, si seguía bebiendo. Pero, en aquel momento, el whisky resultaba medicinal. Tomó otro trago con más determinación y se sintió reconfortada por el licor que le ardía en la garganta.

Mack regresó cuando estaba a punto de tomar otro trago. Todavía llevaba su camiseta negra y sus pantalones de cuero, también negros.

–Ten. Tendrás que conformarte con esto –le tendió un mono gris–. La cinturilla es elástica.

Ella tuvo la extraña impresión de haber vivido ya

aquella situación. Mack llevaba un mono gris muy parecido a aquel el día que lo había visto por primera vez. Como casi todo lo que concernía a Mack, su encuentro había sido dramático y poco convencional.

El jefe de Suzie la había mandado a una casa en la calle de Mack para entregar un pedido a una clienta. Ella se había llevado un coche de la empresa con el que no estaba familiarizada. Un coche con cambio manual, no automático. Cuando se dispuso a arrancar después de entregar el pedido, dio marcha atrás por error y chocó con Mack cuando este salía de su garaje con su Harley, demasiado rápido para parar y mirando en la dirección contraria.

Solo lo rozó ligeramente, pero Mack salió despedido de la moto y cayó al pavimento. Ella salió corriendo del coche y se inclinó sobre él, con el corazón en la boca, horrorizada al ver que tenía la cara llena de sangre. Luego se dio cuenta de que era solo una hemorragia nasal, pero a primera vista le pareció mucho más grave. Insistió en acompañarlo a su casa para curarle las heridas.

Mack se culpaba a sí mismo por no haberse puesto el casco. Solo pensaba ir al final de la calle y volver, le dijo, para probar un arreglo que acababa de hacerle a la moto.

–¿Suzie? –la voz de Mack penetró en su conciencia, y Suzie se dio cuenta de que acababa de decirle algo.

–Oh, perdona. ¿Qué decías?

–Decía que ya sabes dónde está el cuarto de baño –sus ojos negros parecieron engullirla, como si él también hubiera recordado de pronto aquel primer encuentro. Se giró para tomar el vaso de whisky que se había servido y se bebió su contenido de un solo trago. Suzie arrugó el ceño–. Me cambiaré mientras tú te duchas, Suzie –dijo él–, y después haré café.

Ella abrió la boca para decirle que no se molestara con el café, que no se quedaría mucho rato, pero volvió a cerrarla otra vez. ¿Adónde podría ir? No podía volver a casa todavía, porque no quería ver a su madre. No se sentía con fuerzas para soportar sus preguntas, ni su compasión.

Mack, en cambio, no se compadecía de ella.

Las primeras palabras de Mack cuando por fin se sentaron en sendos sillones del cuarto de estar fueron:

–¿En qué estabas pensando, Suzie, cuando te liaste con un pelele como Tristan Guthrie? Ese tipo no tiene carácter, ni voluntad. Y nunca ha hecho nada en su vida, como tú deberías saber. Heredó su dinero y su exitoso negocio. Nunca ha tenido que mover un dedo –su tono se hizo sarcástico–. Y, en lo que se refiere a la pasión, no creo que ni siquiera conozca esa palabra, ¿y tú?

Ella no dijo nada. Mack se echó hacia delante en su sillón, sosteniendo la taza de café con ambas manos. Se había puesto unos viejos pantalones vaqueros y un polo negro que le daban un aire menos agresivo que su indumentaria de cuero, aunque igualmente masculino y turbador. Pero sus palabras eran aún más turbadoras que su aspecto. ¡Suzie no quería hablar de la pasión!

–Espero que te des cuenta de la que te has librado, Suzie. Tristan Guthrie te habría matado de aburrimiento. Es demasiado débil e indolente para una mujer apasionada... –hizo una pausa cuando Suzie le clavó sus ojos azules, que echaban chispas–. Perdona. Para una mujer independiente y decidida como tú, quería decir.

–¿Por eso lo investigaste? –preguntó ella–. ¿Porque pensabas que no me convenía y esperabas que tuviera algún esqueleto en el armario?

Él no lo negó.

–Me pareció demasiado amable, demasiado escurridizo, demasiado perfecto. Demasiado artificial. Así que, decidí escarbar un poco y encontré más de lo que pensaba.

–Debiste escarbar muy hondo –Suzie lo miró con indignación. ¿Quién se creía que era? ¿Su guardián?

–Pues sí. Busqué en los registros, hablé con algunas personas y finalmente encontré a un compañero suyo de la universidad, que me mencionó a la extranjera con la que había estado algún tiempo. Investigué un poco más y me encontré con cierto rumor sobre un matrimonio secreto con una extranjera que quería quedarse en el país. Pensé que merecía la pena seguir adelante. Examiné los registros civiles y ¡bingo! Tristan Guthrie, casado. Pero no había ninguna mención a su divorcio –se reclinó en el sillón con una sonrisa de satisfacción. Luego, como si todo aquel escándalo hubiera quedado explicado y olvidado, comentó alegremente–. Me alegro de que vuelvas a parecer tú, Suzie. Con tus rizos y con la cara lavada. Tú no necesitas todo ese artificio y ese maquillaje. Eres muy guapa sin él. Y debo decir que estás muy atractiva con ese mono.

¿Sabría Suzie, pensó, que era el mismo mono que llevaba él el día que se conocieron, cuando ella lo tiró de la moto? Después de ver las estrellas, Mack se había encontrado con los ojos más azules que había visto nunca. Con unos ojos que lo miraban llenos de ansiedad y preocupación. Y, cuando ella abrió la boca para hablar, Mack, todavía aturdido, había reparado en sus gruesos labios, que parecían pedir un beso.

Después de ayudarlo a entrar en la casa, limpiarle la sangre y hacerlo sentirse medio humano otra vez, Suzie había vuelto a su trabajo. Pero, antes, Mack le preguntó si podía llamarla después para darle las gracias adecuadamente. Todavía recordaba cómo se había sonrojado ella al asentir.

Sí, Mack se había enamorado a primera vista. Y no solo de su aspecto. Aunque era joven e inocente, Suzie poseía una madurez y una tenacidad propias de alguien algo mayor. Mack había percibido una tristeza oculta debajo de su sentido del humor y su chispeante ingenio.

Todo en torno a ella lo fascinaba. Poseía una extraña mezcla de misterio, atractivo, vulnerabilidad, ambición y fuerza interior que él sospechaba que estaba relacionada con su vida familiar, que, según había averiguado, había sido bastante dura. A Suzie no le gustaba hablar de ello, aunque de vez en cuanto le contaba alguna cosa; normalmente, cuando quería dejarlo y lo comparaba con su padre.

Suzie y él habían roto tantas veces en los meses en que se habían visto que Mack no podía recordar cuántas habían sido. Y lo mismo podía decirse de las reconciliaciones... hasta que ella se había ido definitivamente, sin darle ninguna explicación.

Y, ahora, allí estaba otra vez, de vuelta en su vida. Casada con él, durara lo que durara. Eso ya no dependía de él.

–Sí... muy atractiva –repitió él, incapaz de quitarle los ojos de encima.

Suzie se estremeció.

–Oh, claro –dio un bufido, pero se dio cuenta de que se estaba sonrojando–. Este mono me está enorme y he tenido que enrollarme las mangas y las perneras varias veces y, aun así, todavía me quedan largas. Pero, al menos, está seco.

–Estás guapísima. Y natural –«Suzie, nena, tú estarías guapa con un saco», pensó, y se sorprendió pensando cómo estaría sin nada en absoluto. Reprimió una aguda punzada de deseo y procuró mantener clara la voz–. Serás mucho más feliz si vuelves a ser tú misma y no una intocable dama de hielo.

¿Intocable? A Suzie le dio un vuelco el corazón. ¿Por qué había dicho eso? ¿Lo sabía? Bajó la cabeza para beber un sorbo de café. «No seas tonta. ¿Cómo iba a saberlo?»

–He dejado mi vestido en el suelo del baño –murmuró. Cualquier cosa por cambiar de tema–. Puedes tirarlo. Está hecho un asco.

–Bueno, sirvió para su propósito. Y conociéndoos a vosotros, los diseñadores de moda, querrás ponerte un modelo nuevo si decides volver a casarte... para siempre –sus ojos negros se clavaron en ella un instante, con mirada desafiante.

–En este momento, no puedo imaginarme casada con nadie para siempre –dijo ella, estremeciéndose.

Mack contuvo un suspiro. De modo que, después de todos sus esfuerzos por salvarla de Tristan Guthrie y recuperarla, ella no quería seguir casada con él. Pero las cosas podían cambiar.

–Oh, algún día querrás casarte, Suzie. Tú crees en el matrimonio y en los finales felices. Y en la familia. Y tendrás todo eso. Cuando encuentres el hombre adecuado.

«Cuando comprendas que ya lo has encontrado».

Suzie no se atrevía a mirarlo, por miedo a lo que

podía ver en los ojos de Mack. O por miedo a lo que podían revelar los suyos.

–Por favor, Mack, no quiero... –se interrumpió y respiró hondo. «¿Qué estás haciendo?»

–Solo quería saber si ya se te había secado el pelo –Mack le estaba acariciando los ricos de la nuca. Aquella era la excusa más tonta que Suzie hubiera oído nunca, pero no se apartó. Una extraña languidez se había apoderado de ella al sentir su caricia. Tristan nunca le había acariciado el pelo.

–No hagas eso –susurró con voz ronca, pero siguió si moverse.

–Ese no era hombre para ti, Suzie. Confía en mí.

Entonces, ella se apartó.

–¿Confiar en ti? –dijo, jadeando–. Eres el último hombre en el que confiaría.

Suzie respiró hondo, inquieta. Mack estaba esperando que se derrumbara, que admitiera que su presencia la ponía nerviosa. Esperaba que se arrojara en sus brazos y confesara cuánto lo había echado de menos y lo mucho que quería que volviera a su vida, a pesar de sus defectos y sus errores.

Bueno, pues que esperara sentado, pensó Suzie con rabia. Ella había pasado una vida llena de dolor y desengaños que había endurecido su corazón contra los hombres como Mack Chaney y su padre. Había visto a su madre marchitarse día tras día y había jurado no acabar como ella.

Mack parecía dolido.

–Te he salvado de casarte con un bígamo, ¿no?

Ella frunció el ceño.

–Y ahora supongo que esperas que te lo agradezca –le tembló la voz–. Bueno, de acuerdo, me alegro de que llegaras a tiempo. Pero... pero no tenías derecho a interferir en mi vida.

–Pensaba que tenía derecho, como amigo, Suzie. Los amigos cuidan unos de otros.

–¿Amigos? –ella lo miró a los ojos–. Nosotros no somos amigos. Ni siquiera hemos hablado desde... –se interrumpió, sacudiendo la cabeza. Desde la noche en que él había vuelto a casa fanfarroneando de sus ganancias en el casino, creyendo que a ella la haría feliz aquel golpe de suerte y lo felicitaría.

–Desde el día del funeral de tu padre –acabó Mack por ella, recordándole que había aparecido inesperadamente en aquella triste situación, unos meses después de su brusca ruptura.

Suzie tomó un sorbo de café. Su madre se había mantenido a su lado desde el momento en que Mack había hecho su aparición para que no tuviera oportunidad de hablar en privado con ella después de darles a ambas el pésame. Suzie se había dado la vuelta bruscamente después de eso, dejándole claro que no quería tener nada que ver con él.

Sería un desastre volver a estar con Mack, pensó Suzie. Acabaría igual que su padre, cualquier día. Su madre se lo había advertido una y otra vez y, a pesar de lo que todavía sentía por Mack, Suzie sabía que tenía razón.

Mack había captado la indirecta y había salido de su vida después de aquello. Unas semanas después, Suzie había oído que se había ido a recorrer Australia en su Harley Davidson, en un viaje que podía durar meses o incluso años. Se preguntó cuándo habría vuelto. ¡Y menos mal que lo había hecho! A nadie más se le había ocurrido investigar el pasado de Tristan Guthrie.

–Debe de ser duro saber que tu novio ya está casado –admitió Mack suavemente–. Pero me alegra ver que no estás muy afectada, Suzie. En el fondo, sabes que Tristan no era para ti, ¿verdad?

Su pretensión de saber que no estaba afectada y de que sabía lo que sentía en el fondo, la sacó de sus casillas. Sus ojos echaron chispas. ¿Cómo iba a saber Mack Chaney lo que sentía o lo que pensaba? ¡Si apenas lo sabía ella misma...!

Capítulo 4

SUZIE dejó la taza de café sobre la mesa, se levantó bruscamente del sillón y empezó a dar vueltas, inquieta, entre las cajas de cartón y los montones de papeles.

–Supongo que habrás hecho esos músculos levantando todas estas cajas –dijo, ansiosa por hablar de cualquier cosa, menos de Tristan.

–¿Lo has notado? –había ironía en su voz, como si pensara: «Si estuvieras afectada por lo de Tristan, no notarías los músculos de otro hombre»–. Últimamente estaba un poco bajo de forma porque me pasaba muchas horas delante del ordenador. Así que, decidí hacer un poco de ejercicio.

–¿Has estado yendo al gimnasio? –preguntó ella amablemente, aunque sus pensamientos no eran muy amables. De modo que admitía que se pasaba la mayor parte del tiempo frente al ordenador. Suzie estuvo a punto de preguntarle que por qué no se buscaba un trabajo, pero se mordió la lengua, no queriendo mostrar ningún interés personal en él.

–Sí, voy de vez en cuando. Deberías venir conmigo alguna vez.

A ella le dio un vuelco el corazón. ¡Hablaba como si tuvieran un futuro juntos! Suzie se acercó rápidamente a la chimenea para evitar su mirada. En el interior de la chimenea había papeles en lugar de leños, y sobre la repisa había un montón de fotografías, discos de ordenador, tarjetas y sobres.

Una foto enmarcada le llamó la atención. Era un retrato familiar en el que aparecían una mujer, un hombre, un niño y una niña. En sus anteriores visitas a aquella casa, Suzie había visto fotografías de Mack con su madre y su hermana pequeña, la cual se había casado y vivía en Nueva Zelanda, pero nunca había visto una fotografía de su padre. Había dado por sentado que no tenía ninguna... o que las había tirado. Mack nunca hablaba de su padre, salvo para quejarse de que les hubiera abandonado cuando él tenía diez años y su hermana ocho.

–¿Es tu padre, Mack? –preguntó Suzie. Sentía curiosidad por saber por qué había puesto aquella fotografía a la vista después de haber ignorado la existencia de su padre durante tanto tiempo. ¿Lo habría perdonado finalmente?

No se dio cuenta de que Mack se acercaba a ella por detrás. Pero, en cuanto estuvo a su espalda, lo sintió en cada fibra de su cuerpo. Fue casi como un impacto físico.

«Esto es ridículo», pensó, negándose a creer que él pudiera afectarla todavía de aquella forma tan sensorial y estremecedora. Debía de estar sufriendo alguna reacción emocional, después de los sorprendentes acontecimientos de aquel día.

–A veces, las cosas no son lo que parecen –dijo Mack a su espalda. Ella se dio la vuelta, picada por la curiosidad, y se quedó sin aliento al encontrarse su boca a unos poco centímetros de distancia. Su boca, con la que todavía soñaba a veces, antes de despertarse temblando y preguntándose cómo podía aún guardar imágenes tan vívidas de Mack.

–¿Qué quieres decir? –murmuró.

Él puso las manos sobre sus hombros, como si buscara apoyo. Sin embargo, aquello era una estupidez. Mack no era el tipo de hombre que necesitaba el apoyo de nadie.

Temblando bajo su contacto, agudamente consciente de la fuerza y calidez de sus manos, Suzie alzó la mirada, pero los negros ojos de Mack parecían mirar más allá de ella, con un brillo extraño.

–Mi padre no era el cobarde que mi madre y yo creíamos –dijo.

Ella se quedó sorprendida.

–Cuéntamelo, Mack –lo apremió ella suavemente, sintiendo que la curiosidad y la compasión vencían a la estremecedora reacción que le había provocado su contacto.

–Los primeros años de mi infancia fueron bastante felices –Mack siguió mirando al infinito, con la mandíbula apretada, como si estuviera decidido a ocultar cualquier emoción–. Él era un padre cariñoso y un marido atento, pero, cuando yo tenía unos diez años, empezó a cambiar. Se volvió irritable y taciturno y empezó a resultar difícil de tratar. Luego, un día, de repente, perdió su trabajo. Llevaba toda la vida trabajando en el ferrocarril y siempre había sido muy apreciado en su trabajo, así que aquello nos produjo una gran impresión a todos.

–¿Os contó qué había pasado?

–A mi madre le dijo que lo habían despedido por recortes de personal. Pero luego nos enteramos de la verdad. Lo habían echado porque había empezado a cometer muchos errores.

–¿Y encontró otro empleo?

–No parecía querer hacerlo. Su carácter se hizo cada vez más agrio y empezó a comportarse de manera caprichosa y voluble. Como si no pudiera controlarse. Al principio, mi madre lo atribuyó a que había perdido su trabajo. Afortunadamente, ella encontró empleo en una cafetería y pudo sacarnos adelante. Pero, después de unas cuantas semanas de aquel extraño comportamiento, empezó a sospechar que tenía una amante.

–¿Y era cierto?

–Ella nunca se lo preguntó. Antes de poder hacerlo, él se marchó. Dejó una nota diciendo que nos olvidáramos de él.

Después de aquello, Mack había pensado que su padre lo había abandonado por culpa suya, porque debía de haber hecho algo mal. Cuando, años después, Suzie lo también lo abandonó, aquel antiguo dolor emergió de nuevo, de forma que perderla le había resultado mucho más duro de soportar.

–¡Oh, Mack, qué terrible debió de ser para ti! Y para tu madre. Supongo que ella pensó que había huido con otra mujer.

Mack hizo una mueca.

–¿Y qué iba a pensar? Después de eso, mi madre nunca volvió a pronunciar su nombre. Se deshizo de las cosas de mi padre y escondió todas sus fotografías. Fue como si hubiera dejado de existir. Unos meses después, la policía vino a decirnos que había muerto en un accidente. Un camión lo había atropellado en una calle llena de gente. Mi madre ni siquiera fue a su entierro. Temía encontrarse con la otra mujer –Mack se encogió de hombros–. Nuestra vida continuó y, hace unos cinco años, mi madre también murió. De pena, creo. Y de tanto trabajo –dijo, con voz ronca. El recuerdo todavía le resultaba doloroso–. Trabajaba en dos sitios para poder mantenernos y mandarnos a la universidad.

–¡Y tú dejaste tus estudios! –exclamó Suzie, sin poder contenerse.

Mack la traspasó con la mirada.

–Dejé un curso de informática que estaba haciendo en la universidad, dos años después de la muerte de mi madre. Pero antes había estudiado dirección de empresas.

–Ah –Suzie se puso colorada–. ¿Y lo acabaste? –Oh, diablos, ¿por qué le preguntaba eso? ¿Pero cómo iba a pensar racionalmente teniéndolo tan cerca que apenas podía respirar? Sin embargo, si se apartaba de él, echaría a perder aquel extraño momento. Mack nunca se había abierto de esa manera, y ella quería saber más, aunque no sabía por qué.

–Sí, Suzie, lo creas o no, acabé la carrera –contestó él secamente.

Ella se puso aún más colorada.

–Has dicho que a veces las cosas no son lo que parecen –le recordó ella–. ¿Qué querías decir con eso?

La expresión de Mack se suavizó.

–Hace alrededor de un año recibí una carta dirigida a mi madre, acompañada de una nota de disculpa de una consulta médica. La carta era de mi padre. La había escrito podo después de abandonarnos y la había dejado en la consulta con instrucciones de que nos la enviaran después de su muerte –respiró hondo–. Pero, por alguna razón, la carta había quedado sepultada entre papeles y olvidada... –lanzó una mirada a su desordenada habitación, como si entendiera perfectamente cómo había ocurrido aquello–. No la descubrieron hasta el año pasado, cuando revisaron los archivos para informatizarlos.

–¿En esa consulta habían atendido a tu padre? –preguntó Suzie–. ¿Quieres decir que...?

–Que mi padre había descubierto, poco antes de

dejarnos, que se estaba muriendo. Pero su enfermedad no tenía tratamiento. Había descubierto que tenía Alzheimer prematuro –Mack hablaba con una voz plana, dura, pero Suzie percibió su angustia y se le encogió el corazón–. Sabía que se estaba deteriorando rápidamente, y que seguiría así –continuó él–, hasta que fuera incapaz de valerse por sí mismo y se convirtiera en una carga para nosotros, tal vez durante muchos años.

–¡Oh, Mack! –instintivamente, Suzie alzó la mano hacia su cara y se la acarició–. ¿Por eso se fue? ¿Para ahorrarle a tu madre el dolor de tener que cuidar de él y de asistir a su inevitable deterioro?

Mack asintió.

–Conociendo a mi madre, sé que hubiera preferido cuidar a mi padre, por muy larga y difícil que hubiera sido su enfermedad, a vivir el resto de su vida sin él, pensando que había dejado de quererla y que se había marchado con otra mujer.

A Suzie se le llenaron los ojos de lágrimas. Era trágico que la madre de Mack hubiera muerto antes de que llegara la carta de su marido.

–Quizás él quería que tu madre lo odiara –dijo–, para que pudiera rehacer su vida. Y conocer a otra persona...

Mack se encogió de hombros.

–Pues nunca lo hizo. Nunca volvió a querer a nadie. Solo quiso a mi padre... aunque nunca volvió a mencionar su nombre. Murió con el corazón destrozado.

Suzie no podía soportar ver aquel dolor en sus ojos.

–Tal vez tu padre pensó que eso era preferible a que muriera con el corazón roto después de verlo sufrir año tras año. O a que acabara odiándolo por ser una carga para ella.

Él la miró a los ojos.

–Tal vez. Yo solo sé que mi padre lo sacrificó todo por amor a su familia. Nos quería. Ahora lo sé, pero desgraciadamente es demasiado tarde para mi madre.

–Debido a que no enviaron a tiempo la carta... –Suzie suspiró. Si su madre hubiera recibido la carta justo después de la muerte de su marido, habría honrado su memoria el resto de su vida.

¡Qué triste era todo aquello! Pero, al menos, Mack y su hermana habían sabido la verdad al final.

–Deberías sentirte aliviado, Mack, por saber que tu padre no sufrió muchos años, sin poder valerse por sí mismo o sin conocer a nadie. Seguramente fue mucho mejor que muriera como lo hizo, en un accidente.

–Si es que fue un accidente –dijo Mack sombríamente. Sus palabras quedaron suspendidas en el aire un instante–. Sí, claro que es un alivio. Y sé que también lo habría sido para mi madre. Tal vez se hayan reunido al fin, allí donde estén –miró hacia lo alto.

–Estoy segura de que sí –dijo Suzie apasionadamente, con los ojos llenos de lágrimas. Mack se inclinó y la besó primero en un párpado y luego en el otro.

–Lloras por mis padres –murmuró–, pero no has llorado por Tristan, Suzie. Eso es muy interesante.

Ella parpadeó rápidamente, frunciendo el ceño al recordar su boda de cuento de hadas, convertida en cenizas.

–No quiero hablar de Tristan –gruñó–. Y no habría venido aquí si hubiera sabido que ibas a seguir recordándomelo.

–Lo siento –él retiró las manos de sus hombros, dejando una fría sensación de vacío. Tomó la fotografía familiar–. He intentado restaurar la memoria de mi padre sacando todas las fotografías que he encontrado, y hablándoles a sus amigos y compañeros de trabajo sobre su enfermedad. Mejor tarde que nunca –dijo.

–Tus padres hacían muy buena pareja, Mack –comentó Suzie, mirando la fotografía que él sostenía–. Tu madre era una belleza, con esa piel tan fina y el pelo rubio, y esa dulce sonrisa. Parecía una rosa.

–Solo que era mucho más dura que una rosa –murmuró Mack. Él siempre hablaba cariñosamente de su madre, sin ocultar lo agradecido que se sentía por los sacrificios que había hecho por su hermana y por él. A Suzie siempre le había gustado eso de él.

–Y tu padre... –titubeó, sonrojándose. ¡Se parecía tanto a Mack! ¿Cómo iba a atreverse a hablar de lo guapo que era su padre cuando Mack debía de ser consciente del sorprendente parecido que había entre ellos?–. Era un hombre muy elegante y distinguido, Mack –dijo cuidadosamente–. Deberías seguir su ejemplo y cortarte el pelo de vez en cuando.

Él la miró con expresión divertida.

–¿Crees que llevo el pelo demasiado largo? –se pasó los dedos por la espesa mata de pelo negro que, mojada, se le rizaba sobre las orejas y los hombros. Suzie no lograba imaginárselo con el pelo corto. O sí, si miraba la fotografía de su padre. Si se cortaba el pelo, tendría un aspecto casi respetable.

Pero tampoco podía imaginarse a Mack con un aspecto respetable. Y quizá no quería hacerlo. De alguna forma, a pesar de su aire salvaje, le gustaba su pelo largo. Siempre le había gustado.

Se dio cuenta de que él esperaba una respuesta y se arrepintió de haber mencionado su pelo. Implicarse personalmente con Mack Chaney era como meterse en un campo de minas. Suzie sonrió e intentó retirarse de él. Pero tropezó con una pesada caja llena de papeles y cayó al suelo, tambaleándose, antes de que Mack pudiera impedirlo.

Tendida sobre la mugrienta alfombra, gruñó y empezó a frotarse el codo.

–Suzie, ¿estás bien? –Mack dejó el retrato familiar en una silla y se puso de rodillas junto a ella.

–Me he dado en el hueso de la risa –dijo, «y no te atrevas a reírte, por que no tiene gracia», pensó–. Me he golpeado con ese maldito escritorio al caer –volvió a gruñir, frotándose el codo.

–Déjame ver.

–No, yo... –se quedó sin voz cuando él la estrechó entre sus brazos. ¿Cómo había ocurrido aquello? Mack le apartó la mano y empezó a inspeccionarle el codo herido.

–¡Ah! –chilló ella, aunque él estaba siendo mucho más cuidadoso de lo que había sido ella. De pronto, sintió que el dolor se desvanecía, como por arte de magia. Se quedó quieta, disfrutando de la sensación de confort y tibieza de sus brazos. Aunque era consciente del peligro que entrañaban aquellos brazos, no tenía fuerzas para resistirse, después de conocer la verdad sobre Tristan y la trágica historia del padre de Mack. Además, el whisky que había bebido había debilitado sus defensas.

De modo que se reclinó en brazos de Mack.

–¿Tus padres eran escoceses? –se oyó a sí misma preguntar.

–No, ¿por qué? –él parecía divertido.

–Me preguntaba por qué te llamas Mack. ¿Es un diminutivo?

–No. Era el apellido de soltera de mi madre. Se llamaba Katherine Mack antes de casarse.

–¿El nombre de soltera de tu madre? Qué ocurrencia tan bonita. ¿Y tu hermana cómo se llama? ¿Katherine? –Suzie esbozó una sonrisa.

Él se echó a reír.

–No, se llama Belinda. Por nadie en especial. Solo porque a mi madre le gustaba –dijo, encogiéndose de hombros.

–Ah. Bueno, Belinda es un nombre bonito.

Suzie sabía que no debía seguir recostada en sus brazos, pero se sentía tan a gusto... No quería pensar en lo que podía ocurrir, ni en lo que él podía pensar. Y confiaba en que no pensara nada. Ya había tenido suficientes dramas por un día.

El ordenador que había sobre el escritorio llamó su atención. Ella nunca usaba ordenadores y a menudo se preguntaba cómo podían ser tan fascinantes para algunas personas. Solo sabía que podían obsesionar a la gente y que podían ser tan tentadores y adictivos como el alcohol... y quizá, también, igual de destructivos.

Alejó ese pensamiento y volvió a pensar en el padre de Mack.

–Me alegro de que finalmente averiguaras la verdad sobre tu padre. Así podrás dejar atrás todos esos años de tristeza y empezar a recordar los buenos ratos que pasasteis juntos, antes de que cayera enfermo –su voz se quebró un ápice–. Debes de tener muchos recuerdos bonitos de tu infancia. De los primeros años, al menos.

El mentón de Mack acarició su frente.

–¿Estás hablando de tu propia experiencia, Suzie?

La aguda intuición de Mack encendió un brillo de angustia en la mirada de Suzie. Su madre y ella siempre habían tratado de ocultar los problemas más serios de su atormentado padre, dando por sentado que sus excesos procedían de su talante artístico y al mismo tiempo afrontando reveses y desengaños.

Ignoraba cuánto sabía o adivinaba Mack de todo ello, y no quería preguntárselo ni darle explicaciones en ese momento. No quería desviar la conversación de los problemas de Mack.

–Tengo muy buenos recuerdos de mi infancia –le aseguró, y, en realidad, así era; de los primeros años, al menos, antes de que comenzara el declive de su padre–. Yo quería mucho a mi padre –afirmó. Pero, a menudo, en aquellos largos y tormentosos años, su amor por él había quedado enterrado muy profundamente, sepultado por el dolor y la desilusión.

Y no debía olvidar que Mack Chaney era igual que su padre. Mack, como su madre seguía recordándole, nunca llegaría a nada. Se pasaría la vida bebiendo, jugando y dando tumbos... y probablemente se mataría en su moto cualquier día, como había hecho su padre.

Sintió un escalofrío al pensarlo.

–Sé que lo querías, Suzie –murmuró él, atribuyendo aquel estremecimiento al recuerdo de su padre, sin darse cuenta de que Suzie estaba pensando en él.

Ella se quedó sin aliento cuando Mack la agarró por la barbilla y lo hizo mirarlo a los ojos, que relucían con un brillo fantasmal a la luz tenue de la lámpara.

–Parece que los dos estamos en deuda con nuestras madres –la voz pareció salirle de las entrañas–. Ellas nos sacaron a flote en los peores momentos y se mataron a trabajar por nosotros. Desearía que mi madre todavía estuviera viva, para poder hacer algo por ella a cambio.

Había una tristeza tan genuina en su voz que Suzie

se mordió las palabras que tenía en la punta de la lengua: «¿Qué podrías hacer por tu madre, si casi no puedes mantenerte a ti mismo?» En lugar de eso, se encontró pasándole un brazo alrededor del cuello y besándolo ligera pero impetuosamente en los labios.

–Estoy segura de que tu madre no hubiera esperado que le dieras nada a cambio de lo que hizo, Mack –le aseguró ella–. Solo tu amor.

De pronto, la atmósfera de la habitación pareció cambiar. Suzie no sabía si había sido por haber pronunciado la palabra «amor» en voz alta, o por su fugaz beso, o por el modo en que Mack la miraba. Solo sabía que entre los dos parecían crepitar descargas eléctricas, que el aire estaba lleno de suspense, y que nada, ni siquiera la certeza de que había cometido un error, iba a salvarla.

Capítulo 5

CUANDO él tomó posesión de su boca, todos los pensamientos de Suzie se evaporaron y todos sus sentidos se concentraron en la turbadora realidad de aquel beso, en los labios ardientes de Mack, en el movimiento de su lengua y en las salvajes sensaciones que despertaban dentro de ella.

Sin poder evitarlo, los labios de Suzie respondieron a aquel beso. Nadie la había hecho sentir como Mack. Ningún hombre, al besarla, había encendido en ella semejante frenesí de deseo apasionado, aunque desde su primera cita con Mack había comprendido que era una locura seguir viéndolo y que no debía permitirle ir más allá de los besos.

Y, de alguna forma, en el pasado, siempre había conseguido detenerse en el último momento, recordando las advertencias de su madre y la existencia atormentada y autodestructiva de su padre. Y recordándose, también, la vida independiente, estable y tranquila que había planeado para sí misma.

«El amor no es suficiente», le había dicho siempre su madre. «Nunca te cases solo por amor. Encuentra a un hombre al que puedas respetar y en el que puedas confiar, que sea capaz de luchar por ti y por tus hijos y que no arruine tu vida y te rompa el corazón».

Pero esta vez, aun sabiendo que su madre tenía razón, sabía que no quería parar, que no podía parar.

No tenía fuerzas, ni voluntad, ni deseo de hacerlo. Esa noche, no.

Gimió, estremeciéndose en un espasmo de deseo, y Mack respondió con otro estremecimiento. Su piel parecía despedir fuego bajo las manos de Suzie, incluso a través de la camisa negra, ya húmeda por el sudor.

Se tumbaron, abrazados, y rodaron por la alfombra, con las bocas todavía unidas en un beso interminable, acariciándose frenéticamente mientras sus cuerpos se arqueaban y se estremecían.

–Te he echado de menos, Suzie –dijo Mack, jadeando contra sus labios.

Ella dejó escapar un gemido al darse cuenta de lo mucho que ella también lo había echado de menos, aun sin saberlo... o sabiéndolo de forma inconsciente, en sus sueños. Despierta, se había negado a pensar en él y, al comprometerse con Tristan, había imaginado ingenuamente que al fin había acabado con Mack, que al fin lo había arrojado de su vida, de su corazón y de sus sueños.

Pero Tristan el perfecto, el hombre en el que pensaba que podía confiar plenamente, la había engañado.

Se aferró a Mack, devolviéndole sus besos con idéntico fervor, deseando olvidarse de todo, deseando lo que siempre había querido de él en el fondo de su corazón y contra lo que siempre había luchado, sabiendo que la llevaría al desastre.

¿Quién hubiera pensado que sería su relación con el perfecto Tristan la que acabaría en desastre? Eso probaba que nada era seguro en la vida.

Un gemido ronco escapó de su garganta. ¿Por qué no seguir a su corazón por una vez? Vivir el momento, olvidar la lógica, el sentido común, el futuro.

Tenía casi veintitrés años y Mack era el único hombre al que había querido de verdad, al que había deseado de verdad, física y emocionalmente. Mack la quería y ella lo quería a él. ¡Oh, cuánto lo quería!

«El amor no es suficiente». La advertencia de su madre resonó en su cabeza. Pero ella no planeaba un futuro con Mack. Aquello era el presente, el ahora, no el futuro. Y, por una noche, podía vivir un sueño e imaginar que su matrimonio duraría...

–Llevo toda la vida esperando esto... Esperándote –murmuró Mack, y Suzie dejó escapar un suspiro trémulo, preguntándose si ella también lo había esperado siempre. Ya no le importaban los consejos de su madre, o lo que ocurriera en el futuro. Solo le importaba el momento y lo que estaba sintiendo.

–Déjame tocarte, Suzie, y verte toda entera. Sentándola sobre sus rodillas, Mack se quitó el polo antes de bajar la cremallera del mono que ella llevaba puesto. Sus cálidas manos se deslizaron sobre la piel de Suzie, bajo el sujetador de encaje de color marfil–. Mmm, tu piel es como la seda. Y hueles tan bien... –respirando pesadamente, la rodeó con los brazos y la desnudó por completo. Luego se quedó mirándola largamente, conteniendo el aliento, con un destello melancólico en la mirada–. Eres muy hermosa, Suzie –murmuró roncamente, estrechándola entre sus brazos hasta que sus pieles se tocaron y los senos de Suzie presionaron contra su pecho empapado de sudor.

Ella también exploraba el cuerpo de Mack, acariciando los músculos tensos, suaves y duros de sus hombros y su espalda. Se arqueó instintivamente cuando él le tocó los pechos, acariciándolos como nadie, ni siquiera Tristan, lo había hecho. Cuando comenzó a frotarle suavemente los pezones, dejó escapar un gemido, poseída por un placer desenfrenado.

Mack suspiró. Había soñado con abrazarla así, con tocarla así, con hacerla gemir así... Bajó la cabeza y comenzó a lamer uno de sus pezones. Ella volvió a arquearse y gimió de nuevo.

Apartando la boca de sus pechos, él buscó su boca otra vez mientras la abrazaba y la tendía en el suelo, temiendo que en cualquier momento ella se diera cuenta de lo que estaba ocurriendo y lo rechazara. Temiendo que el sueño se rompiera, como siempre había sucedido en el pasado. No podía dejar que lo rechazara otra vez, no podría soportar perderla ahora que la tenía de nuevo en sus brazos.

Suzie se encontró otra vez tumbada de espaldas sobre la alfombra, con Mack sobre ella, depositando besos sobre su cara y su garganta. Un fuego la consumía. Lo deseaba con cada fibra de su ser, como nunca antes había deseado a nadie.

Gimió suavemente, tensándose contra él, preparada para llegar hasta donde él quisiera. Mack parecía tan ansioso como ella de tomarla allí mismo y la besó sin cesar en el cuello, en los pechos, en la tripa, antes de tumbarse sobre ella, apretando sus caderas contra las de Suzie, excitándola aún más.

–¿Estás segura de que quieres seguir, Suzie? –preguntó, jadeando y temblando de deseo.

–¡Sí! –gimió ella, aferrándose a él, sin importarle las consecuencias–. ¡Sí!

Mack gimió y dejó que su pasión se desatara en una espiral sin freno, envolviendo a Suzie en un torbellino de sensaciones que los arrastró a ambos a cimas de placer que nunca habían creído posible alcanzar.

Suzie se quedó tumbada sobre la alfombra, con una sonrisa en los labios y lágrimas en las mejillas.

Nunca había soñado que aquello pudiera ser tan maravilloso. Recordaba haber gritado al sentir una breve punzada de dolor, pero las oleadas de placer que había sentido después habían acallado aquella momentánea molestia... y todo lo demás.

¿Cómo iba a dejar a Mack después de aquello? ¿Cómo iba a poder prescindir de sus abrazos, de sus besos, de su enérgica pasión? Lo quería. ¡Incluso se lo había dicho! Se sonrojó al recordar la forma en que había gritado que lo quería en los momentos finales. ¿Se acordaría él? ¿Se lo habría tomado en serio? ¿O todas las mujeres gritaban «te quiero» cuando alcanzaban la cima de la pasión?

«El amor no es suficiente...»

¿No lo era? En ese momento, a Suzie le parecía más que suficiente.

Cuando alzó la vista y vio que Mack la estaba mirando fijamente, se puso aún más colorada. ¿Por qué parecía tan impresionado? ¿Qué era lo que lo había impresionado? ¿La forma en que se había entregado a él, después de haberlo rechazado tantas veces? ¿Sus lágrimas? ¿El recuerdo de las palabras que había pronunciado: «te quiero»? Mack saldría corriendo si supiera que estaba pensando en echarle el lazo para siempre.

Suzie esbozó una sonrisa al pensar en la ironía de todo aquello. Debería ser ella quien saliera corriendo. A menos que estuviera preparada para vivir como su madre, atada a un hombre como su padre.

¡Y no lo estaba! Nunca sería capaz de llevar la vida que su madre había tenido que soportar. Su madre había amado a su padre hasta el final, pero su amor había sido puesto a prueba una y otra vez. Suzie se preguntaba cómo había podido sobrevivir.

Se sentó, todavía un poco aturdida.

–Mack, creo que será mejor que...

–¿Por qué no me lo dijiste, Suzie? –él la sujetó por los brazos, haciéndola agudamente consciente de que aún estaba desnuda. Y ya no tenía la protección de la oscuridad. Y, lo que era peor, ¡Mack también estaba desnudo! La visión de su sexo la dejó sin aliento–. ¿Por qué no me has dicho que era tu primera vez?

Suzie se sintió repentinamente tímida. No quería mirarlo, ni que él la mirara. Sacudió la cabeza y estiró el brazo para recoger el mono que yacía en el suelo, donde él lo había tirado. Deseaba cubrir su desnudez para poder mirarlo sin tener que pensar a cada instante en lo que acababa de pasar. Porque nunca debía pasar de nuevo. Con Mack no podía haber finales felices.

–Nunca te acostaste con Tristan Guthrie –dijo él, asombrado–. Era tu prometido y hoy ibas a casarte con él, pero no habíais hecho el amor –alzó una ceja–. ¿Te estabas reservando para la noche de bodas?

Ella desvió la mirada. ¿Se estaba reservando? ¿Era por eso por lo que nunca había ido hasta el final con Tristan, y por lo que él nunca la había presionado? ¿Porque él también quería esperar, para que su noche de bodas fuera especial?

Pero, en el fondo, sabía que no era por eso. Los besos de Tristan nunca habían encendido en ella la pasión que encendían los besos de Mack. Si los labios de Tristan, sus caricias o incluso su mirada hubieran poseído solo la mitad de la fuerza de los de Mack, ella no habría podido resistirse.

–Tengo que irme.

–¿Irte? Después de... –Mack no acabó la frase. Su cara se ensombreció–. ¿Qué ha significado esto para ti, Suzie? –preguntó–. ¿Has hecho el amor conmigo solo para vengarte de Tristan? ¿Imaginabas que yo era Tristan y que ya estabas casada con él? ¿He sido solo un sustituto que estaba a mano, como en la boda? –agarró el brazo de Suzie cuando ella se disponía a darle una bofetada–. ¿He dado en el clavo, Suzie? No te molestes en contestar. Ya has dejado claro que no es a mí a quien quieres.

Ella abrió la boca para negarlo, para gritar que lo quería, que siempre lo querría. Pero las advertencias de su madre y los años de amargura estaban demasiado arraigados en su interior.

–Acabo de escapar por los pelos de un desastre. ¡Y no voy a meterme de cabeza en otro! –se apartó de él y se puso en pie–. ¿Quieres llamar a un taxi, Mack? Quiero irme a casa.

–De modo que no significo nada para ti –Mack la traspasó con sus ojos negros–. Casi me habías convencido de lo contrario, Suzie.

–Solo ha sido sexo, Mack –¿solo sexo? Sintió un estremecimiento–. Ya sabes de lo que hablo –lo miró fijamente–. Tú has debido de estar con muchas mujeres.

–No, desde que te conocí.

Ella se rio con sarcasmo.

–¿Llevabas tres años sin hacer el amor? ¡No me lo creo!

–He sublimado mi deseo hacia ti de otras maneras –contestó él–. Manteniéndome ocupado.

–Ah, sí, claro, ¿haciendo qué? ¿Mirando la pantalla del ordenador? ¿Vagabundeando por Australia en tu Harley Davidson?

Pero, en realidad, Suzie no quería saberlo. Ya había oído demasiadas historias sobre las horas que se pasaba navegando por Internet, jugando a estúpidos juegos y elaborando brillantes ideas que nunca se concretaban. ¿O tal vez se refería a que había estado ocupado en el casino, ganando y perdiendo dinero, y sin duda enganchándose más cada vez?

Era mejor no saberlo.

–No importa –murmuró, encogiéndose de hombros–. Lo de esta noche no ha tenido importancia. Nos hemos dejado llevar por el calor del momento. Esas cosas pasan.

–¿Eso es todo, Suzie? ¿Un arrebato momentáneo, en el calor del momento?

–¡Sí! –ella meneó su rizada cabeza–. Y no hace falta que te preocupes por las posibles consecuencias no deseadas... Estás perfectamente seguro en ese sentido. Buenas noches, Mack –incapaz de mirarlo ni un segundo más, se alejó de él tambaleándose, intentando no tropezar con nada de camino hacia la puerta–. Esperaré el taxi en el porche. ¿Puedes llamar ahora mismo, por favor?

–Suzie, no puedes irte así –mientras llegaba el taxi, Mack bajó las escaleras del porche tras ella. La lluvia casi había cesado–. Prométeme que nos veremos otra vez. No puedes negar que hay algo especial entre nosotros –Mack nunca le había hablado de forma tan seductora, tan turbadora, tan persuasiva–. Sé que tardarás algún tiempo en superar lo de Tristan, si es que realmente estabas enamorada de él.

«Pero no lo estaba», pensó ella. «Ahora lo sé. Solo he estado enamorada de ti, Mack. De ti, del último hombre al que debería unirme. Y todavía creo en el matrimonio y en las familias felices, lo creas o no, incluso después de esto. Si no fueras como...» Apartó aquel lúgubre pensamiento.

–Algunas veces, no basta con sentir algo especial –dijo en voz alta.

Mack la agarró del brazo.

–Así que, quieres a otro Tristan Guthrie –él frunció el ceño–. Con dinero, con éxito, con un origen impecable. Un hombre que vista trajes italianos, que parezca una estrella de cine y que sea un poco anticuado en lo que se refiere al sexo antes del matrimonio –la miró con expresión burlona–. O quizá quieras volver con él, cuando se haya divorciado.

–¡Ahora mismo no quiero estar con nadie! –gritó ella–. Solo quiero huir. Escapar de todo el mundo. De ti, de Tristan, de mi madre y de Sidney...

Había estado dándole vueltas a una idea mientras esperaba el taxi. Una boutique exclusiva de trajes de novia de Melbourne necesitaba un nuevo diseñador y el propietario le había ofrecido el empleo, que incluiría el control de todo el proceso creativo de los diseños, lo que nunca había tenido en Jolie. Y quería especializarse en trajes de novia. Algún día, tal vez fuera lo bastante rica y famosa como para crear su propia firma.

–Ganar el Premio al Vestido del Año me ha abierto muchas puertas –dijo–. Me habían ofrecido un buen trabajo en Melbourne que rechacé porque iba a casarme con Tristan. Pero ahora...

–¿Piensas irte a vivir a Melbourne? –los ojos de Mack brillaron de sorpresa. Y de frustración. No podía perderla otra vez.

Ella vaciló.

–Bueno... tal vez.

Deseó no haberle dicho adónde pensaba ir. No quería que la siguiera a Melbourne y debilitara su resolución. No iba a cambiar de opinión respecto a él, por muy difícil que le resultara olvidarlo después de lo que había ocurrido. No debía permitir que sus sentimientos nublaran su juicio. Aunque volverle la espalda iba a resultarle muy doloroso, sería mil veces más difícil ver cómo el amor que sentía por él se desgastaba con el paso de los años, debido a las deudas, el juego y la bebida.

¡No! ¡Nunca! Ella no iba a revivir la vida de su madre.

–También tengo otras ofertas, en otros sitios –dijo apresuradamente–. Tengo que considerar mis opciones. Mi carrera –continuó– va a ser lo primero a partir de ahora, y no quiero que ningún hombre se interponga en mi camino –sus ojos azules brillaron con una luz gélida. Trataba de convencerlo, y de convencerse a sí misma, de lo que decía.

–Si hace dos meses yo no me hubiera interpuesto en tu camino –le recordó Mack–, nunca habría descubierto el secreto de Tristan –la desesperación le había soltado la lengua, haciéndole confesar la verdad sin quererlo.

Suzie se quedó atónita.

–¿Qué has dicho? ¿Hace dos meses que sabes que Tristan estaba casado?

Mack se maldijo por su torpeza.

–Tenía que asegurarme. Comprobar que no había conseguido el divorcio. Maldita sea, Suzie, nunca pensé que seguirías adelante con esa boda. Hasta el último minuto, pensé que no lo harías. Que te darías cuenta de cómo era él y de que tú y yo...

–¿Estábamos hechos el uno para el otro? –lo cortó ella secamente–. ¿Y en qué momento decidiste casarte conmigo, Mack Chaney?

Él le había dicho que había conseguido una licencia especial en el último minuto, ¿pero cómo era posible? Se requería al menos un mes para sacar la licencia de matrimonio.

Mack hizo una mueca. Había esperado que ella le estuviera agradecida por haber acudido a rescatarla, no que se preocupara por detalles triviales.

–Rellené la solicitud hace un mes –admitió él–, pensando que quizá podría persuadirte para casarte conmigo cuando supieras la verdad sobre Tristan –intentó esbozar una sonrisa–. Nunca pensé que...

–Sabes por qué me he casado contigo, Mack –dijo ella, furiosa–. Y sabes que no tiene nada que ver contigo. No puedo creer que lo supieras desde hace dos meses y que no me lo dijeras. Ni que solicitaras la licencia matrimonial hace un mes y me hayas hecho creer que fue cosa de última hora. Eres igual de retorcido que Tristan.

–Eh, espera un momento, Suzie...

Pero ella estaba demasiado enfadada para escucharlo.

–Mi madre siempre me advertía que no me fiara de ti, Mack Chaney, ¡y tenía razón! Tristan y tú me habéis demostrado que nunca hay que fiarse de los hombres. Intentaré tener éxito en la vida por mí misma ¡y no quiero que ni Tristan ni tú ni ningún otro hombre se interponga en mi camino! –con cada palabra, se le rompía un poco el corazón–. Adiós, Mack –dijo con la misma férrea determinación en la voz, aunque no se atrevió a mirarlo. Él siempre había tenido el poder de debilitarla, de hacerle cambiar de opinión y de persuadirla para que volviera con él. Si se dejaba convencer y aceptaba volver a verlo, se perdería para siempre. Ya nunca sería capaz de abandonarlo.

–Gracias por salvarme de un gran error.

Corrió hacia el taxi sin volver la vista atrás ni esperar su respuesta. Tenía que convencer a Mack Chaney de que era la última vez que la veía.

Porque así tenía que ser.

Capítulo 6

MELBOURNE.

Suzie acunaba en brazos a Katy y pensaba, como a menudo en los seis meses anteriores, en lo afortunada que era por tener una hija tan bonita, tan saludable y tan alegre.

Ser madre soltera no le estaba resultando tan difícil como había imaginado. Priscilla, su jefa en la boutique de novias en la que trabajaba desde que había llegado a Melbourne dieciséis meses antes, se había portado maravillosamente y la había apoyado en todo. Por fortuna, se había encontrado bien durante todo el embarazo; solo un poco cansada en los primeros meses y al final, cuando se sentía como una ballena. La niña había nacido con casi un mes de retraso.

Después del alumbramiento, su madre había pasado unas cuantas semanas con ella para ayudarla. Además, el vivir justo encima de la boutique le había facilitado las cosas. Y podía coser en el apartamento mientras su hija dormía o se divertía con sus juguetes.

–¿Quieres ir a dar un paseo, Katy? –le preguntó, y la pequeña balbuceó–. Sí, creo que sí. Tendremos que abrigarte un poco, porque fuera hace frío.

Se acercó a una cajonera que había comprado de segunda mano y sacó una rebeca de punto y un gorrito de lana a juego. Durante las semanas que había pasado con ellas, su madre había tejido todo un vestuario para su nieta, por lo que Suzie le estaba muy agradecida.

Al principio, Ruth había recibido mal la noticia del embarazo, pero luego había apoyado a su hija. Le había preguntado a Suzie si era de Tristan, y ella le había contestado sucintamente que ya no salía con el padre de su hija y que no quería volver a hablar de él nunca más.

Mirando a Katy, que ya tenía seis meses, había pocas dudas de quién era su padre. Sus grandes ojos, que habían sido de un profundo color violeta después de su nacimiento, habían adquirido un precioso tono marrón oscuro. Y su cabeza, prácticamente calva durante los primeros meses, estaba ahora cubierta de un espeso pelo negro. Incluso su sonrisa era la de Mack. El parecido era increíble. E inquietante.

Suzie se preguntaba si Mack habría querido participar en la vida de Katy si hubiera sabido que existía. A veces se sentía culpable por no habérselo dicho. ¿Cómo habría podido resistirse a Katy, después de verla? Sin embargo, Mack no querría hacerse responsable de su hija, pensó, dando un suspiro. Y, desde luego, ella no quería que intentara hacerse el padre responsable porque sabía que no funcionaría y que, al final, les haría daño a Katy y a ella.

Pero, aunque Mack no quisiera hacerse cargo del cuidado diario de su hija, quizás insistiera en visitarla regularmente. ¿Y cómo podría ella soportar verlo en esas ocasiones? Sería una tortura. Sobre todo, teniendo en cuenta que trataba de convencerse de que todo había terminado entre ellos.

Suzie se estremeció al pensar en el efecto que podía causarle una mirada, una caricia o un beso de Mack. ¿Cómo conseguiría mantenerlo a distancia? Y tendría que hacerlo, por el bien de Katy. Estaba decidida a asegurarse de que su hija tuviera una infancia segura, estable y desahogada y un futuro igualmente seguro, estable y desahogado, y el tener a un hombre equivocado en sus vidas, como sabía por propia experiencia, podría echarlo todo a perder. No estaba dispuesta a asumir ese riesgo.

Se puso una chaqueta, bajó las escaleras con su hija en brazos y la dejó en la silla. Katy se frotaba los ojos y parecía a punto de dormirse.

–Muy bien, Katy, cariño, allá vamos –empujó la silla a través de la puerta y salió a la calle.

¡Y estuvo a punto de chocar con Mack Chaney!

Suzie no podía creer lo que veían sus ojos. Mack, allí, en Melbourne. Era casi como un mal sueño.

–¿Cómo me has encontrado? –le preguntó, decidiendo que el ataque era la mejor forma de afrontar aquella situación inesperada–. ¿Te ha dicho mi madre dónde estaba?

Mack sonrió con esa media sonrisa que solo él poseía. Bueno, no solo él. Katy también sonreía así.

–Tu madre y yo no compartimos confidencias –le recordó él secamente–. No. Me ha costado un poco dar contigo. Tus amigos decían que no sabían adónde habías ido, y tus compañeros de trabajo de Jolie Fashion tampoco parecían saberlo... aunque resulte difícil de creer.

Suzie sintió que se ponía colorada. Les había pedido a sus amigos que no dijeran dónde estaba ni a Tristan ni a Mack.

Alzó la barbilla, procurando no mirarlo de arriba abajo, como deseaba. Había en él algo diferente, pero todavía no sabía qué era.

–Ya te dije que necesitaba huir de todo el mundo durante algún tiempo.

–¿También de Tristan Guthrie? –su tono era burlón. Había visto al bebé que dormía en la silla–. ¿No me digas que estáis juntos otra vez? ¿Es que ahora vive en Melbourne? –una vena se hinchó en su cuello–. Por lo menos, sé que no te has casado con él, porque no me has pedido el divorcio –agarró la mano izquierda de Suzie–. Todavía llevas mi anillo.

Ella retiró la mano, sintiendo un escalofrío.

–Solo... por guardar las apariencias.

«Embustera», se dijo. En realidad, guardaba como un tesoro el anillo de Mack. Así podía soñar que su matrimonio no había acabado el mismo día de su boda. Miró a Mack un instante. ¿Acaso quería que se lo devolviera? ¿Por eso había ido a buscarla?

–Toma –intentó sacárselo del dedo–. Siento no habértelo dado antes –sintió que su corazón se helaba. ¿Habría ido Mack a pedirle el divorcio?

–No quiero que me lo devuelvas –dijo él bruscamente, y ella se detuvo–. Nunca se lo daría a nadie más. Quédatelo –esbozó una sonrisa sardónica–. Sé cuánta importancia le dais tu madre y tú a las apariencias –su oscura mirada se dirigió hacia la niña que dormía en la silla–. ¿Es de Tristan? –le preguntó.

Suzie tragó saliva. Si admitía que Tristan no era el padre, Mack podría adivinar la verdad. ¿Quería que lo hiciera? ¿O era mejor ocultárselo, al menos por el momento?

¿Querría él saber que tenía una hija? ¿O saldría corriendo inmediatamente? ¿Quería ella negarle a su hija la posibilidad de conocer a su padre, aunque solo lo viera ocasionalmente? ¿Qué sería lo mejor para Katy?

Le dio un vuelco el corazón al ver que Mack se inclinaba para mirar a la niña. ¿Se daría cuenta del parecido?

Por fortuna, Katy estaba dormida y sus grandes ojos oscuros estaban ocultos tras sus largas pestañas. Su pelo negro también estaba oculto bajo el gorrito de lana. Y, envuelta como estaba en una manta que solo dejaba visible parte de su cara, podía pasar por un robusto bebé de tres meses, o incluso por un recién nacido, para alguien que no supiera nada de niños.

–¿De verdad crees que podría haber vuelto con Tristan después de... –estuvo a punto de decir: «después de estar contigo», pero reaccionó a tiempo–... después de lo que me hizo?

No podía permitir que Mack creyera que estaba otra vez con Tristan. Eso no estaría bien. Con un poco de suerte, él pensaría que había conocido a alguien después de trasladarse a Melbourne.

Él entrecerró los ojos, observándola.

–Si no has vuelto con él, ¿con quién estás? Pensaba que habías terminado con los hombres, que querías concentrarte en tu carrera –frunció el ceño–. Pero tienes una hija.

Suzie se pasó la lengua por los labios.

–Sí –«y tú también», gritó su corazón. Sabía que no debía decirle que estaba con otro hombre, pero, si no lo hacía, Mack podría adivinar la verdad–. Ahora tengo una nueva vida, Mack, aquí, en Melbourne –dijo, eligiendo sus palabras con cuidado–. Pero el padre de Katy no vive con nosotras –continuó, procurando ser lo más sincera posible –respiró hondo–. Mack, las cosas me van bien, si eso es lo que querías saber. Soy feliz.

¿Feliz? ¿Lo era de verdad? Miró a su hija y se sintió culpable. Por supuesto que era feliz. Katy le había proporcionado una felicidad que nunca había conocido.

–Ya sabes que no puedes volver a casarte –dijo Mack–. Todavía estás legalmente casada conmigo.

–No tengo intención de casarme por el momento –dijo ella, temblorosa–. Ya te lo dije antes de irme de Sidney.

–Sí. Solo quería recordártelo.

Ella lo miró fijamente, con el corazón en un puño.

–Si crees que he estado esperándote...

Mack miró a la niña dormida y esbozó una sonrisa irónica.

–No, ya veo que no.

Ella se sonrojó y reprimió la respuesta que tenía en los labios. «No necesito a ningún hombre. Solo necesito a mi hija». Pero era preferible dejar que Mack creyera que había otro hombre en su vida.

Para entonces, Suzie ya se había dado cuenta de por qué parecía distinto. ¡Llevaba el pelo más corto! No del todo corto, pero sí algo más que antes. Y no solo eso. También llevaba una chaqueta marrón de ante y una camisa de color marrón oscuro con el cuello abierto, en lugar de su ropa de cuero.

Mack observó detenidamente su cara.

–Pareces cansada –dijo, arrugando el ceño–. Y estás pálida. ¿Duermes bien? ¿Sales de vez en cuando a tomar el aire?

–Ahora mismo iba a llevar a la niña a dar un paseo –contestó ella secamente–. Y estoy bien, gracias –le aseguró, mirando a Katy para evitar su mirada penetrante.

–Bueno, pues me alegro de que estés bien, Suzie –dijo él–. Así que, por lo que a ti respecta, Tristan Guthrie es agua pasada, ¿no?

Ella lo miró un instante. ¿Es que todavía no la creía?

–Sí, Mack –dijo con voz cansada–. Es agua pasada. Ha salido de mi vida para siempre.

«Igual que tú», trataba de decirle con la mirada. Pero la idea no la reconfortaba, ni la satisfacía.

–Bien. Tristan Guthrie no te convenía –el desdén brilló en los ojos de Mack.

–Bueno, ahora que ya sabes que tengo una nueva vida, Mack, ya puedes volverte a casa con la conciencia tranquila –dijo ella despreocupadamente, aunque no se sentía despreocupada en absoluto. Buscó el alivio que esperaba ver en sus ojos, pero no lo vio. Mack frunció el ceño. Si secretamente se sentía aliviado porque la responsabilidad de un hijo no hubiera caído sobre sus hombros, lo disimulaba increíblemente bien.

–¿Has venido desde Sidney en tu Harley? –le preguntó ella, por decir algo. ¿Y en qué, si no, iba a ir? Mack nunca iba a ninguna parte sin su preciada Harley Davidson.

Pero él sonrió y contestó suavemente:

–No, he venido en avión. Me alojo en un apartamento, en la ciudad. Tomé un taxi desde el centro para venir hasta aquí.

Ella se quedó atónita. ¿Cómo era posible que, de repente, Mack pudiera pagarse viajes en avión, taxis y apartamentos? Se le hizo un nudo en el estómago.

–¿Tuviste una buena racha en el casino? –le preguntó, burlona, fingiéndose indiferente.

Él puso una sonrisa maliciosa.

–No, nada de eso. Pero he tenido cierto éxito con un nuevo paquete de *software* para Internet que he desarrollado. Un editor de páginas *web*. ¿Sabes lo que es?

–No –Suzie ni siquiera tenía ordenador, y tampoco quería tenerlo. La gente perdía demasiado tiempo delante del ordenador. Por lo menos, Mack–. ¿Y qué tal te ha ido? –le preguntó, confiando en que no se lanzara a una descripción detallada sin ningún significado para ella.

Mack dijo simplemente:

–Se vende bien. Mejor de lo que yo esperaba.

–Felicidades –dijo ella, con cierta sequedad. Ya era hora de que ganara algún dinero con su condenado ordenador, aunque fuera solo para pagarse un viaje en avión, un taxi y el alquiler de un apartamento–. Mack, tengo que llevar a Katy a dar un paseo –echó a andar, confiando en que el traqueteo de la silla mantuviera dormida a su hija.

–Iré contigo –dijo él inmediatamente–. No te importa, ¿verdad?

–Supongo que no puedo impedírtelo –ella mantuvo una expresión impasible, aunque se le había acelerado el corazón y le sudaban las manos.

–¿Es que no te alegras ni un poquito de verme?

A ella le dio un vuelco el corazón y lo miró con incredulidad. ¿Ni siquiera la existencia de su hija y de su supuesta relación con otro hombre bastaban para desanimarlo? Se preguntó qué estaba buscando. ¿Esperaba volver a empezar donde lo habían dejado, a pesar de la niña y de aquel amante ficticio?

¿O acaso no creía que hubiera otro hombre en su vida? Y, si averiguaba que no lo había, ¿esperaría pasar una noche con su esposa legal, antes de regresar a Sidney?

Suzie aceleró el paso. Ni hablar, se dijo. No debía permitir que aquello ocurriera otra vez. Otra noche en brazos de Mack y nunca sería capaz de abandonarlo.

La cara atormentada de su padre emergió en su cabeza. Intentó alejar aquella visión. No, no debía consentir que aquello volviera a ocurrir. Por mucho que le costara, no iba a poner en peligro la futura seguridad de su hija.

Capítulo 7

MACK la alcanzó en un par de zancadas.
–¿Qué tal va tu trabajo? –le preguntó–. ¿Surtió el día de tu boda el efecto deseado? El día de nuestra boda, mejor dicho –se corrigió, con un brillo en la mirada–. ¿Se salvó Jolie Fashions? ¿Y despegó tu carrera ?

–Jolie se recuperó, gracias. Y en cuanto a mi carrera... bueno, me resulta un poco difícil dedicarme a ella con la niña. Katy es lo primero –dijo ella–. Pero es fantástico trabajar para Priscilla. Me deja elegir mi horario, y me permite un control total sobre mis diseños. Incluso me ha ofrecido hacerme socia del negocio.

–Bueno, eso es una gran oportunidad –Mack parecía sinceramente impresionado–. ¿Vas a aceptar?

–No puedo permitírmelo por el momento –admitió ella. Ahorraba todo el dinero que le quedaba después de pagar los gastos diarios para asegurar el futuro de Katy–. Pero trabajo mucho y ahorro todo lo que puedo. Trabajo de noche y de día, así que, nunca se sabe. Tal vez, algún día... –dependía de si el banco le daba un préstamo y de si podía pagar las mensualidades–. En cuanto Katy empiece a andar y la lleve a la guardería, podré trabajar más horas y aceptar más clientes.

–Parece que te esfuerzas mucho, Suzie –dijo Mack

con simpatía; pero, luego, añadió con una nota de cinismo–. Al parecer, todavía no has encontrado otro chico de oro que se ocupe de ti.

Suzie le lanzó una mirada brillante, a medias furiosa y a medias herida.

–No necesito que ningún hombre cuide de mí, sea rico o no. Me las arreglo perfectamente sola –en cuanto aquellas palabras salieron de su boca, deseó haberse mordido la lengua. Ahora, Mack deduciría que no había ningún hombre en su vida. Se apresuró a añadir–. Pero el hecho de que haya decidido vivir sola no significa que no tenga un... un amigo.

–¿El padre de tu hija?

Ella alzó la mirada al notar el tono amargo de su voz, pero no vio nada en sus ojos.

–Sí. El padre de Katy todavía está por aquí –dijo cautelosamente. Al fin y al cabo, era verdad–. Pero preferiría no hablar de él, si no te importa. Mi vida privada ya no es asunto tuyo, Mack.

–Eso lo decidiste tú, Suzie, no yo.

–¿Ah, sí? –sabía que no debía seguirle el juego, pero no pudo evitarlo–. ¿Insinúas que hubieras estado dispuesto a llevar una vida normal, con mujer e hijos? –lo miró con sorna–. No me lo creo –Mack nunca había querido una vida «normal», la clase de vida que ella quería para su hija. Una vida segura y estable con un padre responsable que tuviera un sueldo fijo–. Pero eso es lo que yo quiero –admitió ella, incapaz de ocultar una ligera ansiedad en su voz–. Sobre todo ahora que tengo una hija. Pero solo si aparece el hombre adecuado –subrayó, sabiendo en el fondo que solo había un hombre para ella. ¡El hombre equivocado!

–Así que el padre de Katy no es el hombre adecuado, ¿no?

Ella se quedó sin aliento. Aquella conversación al borde de la verdad era de pesadilla.

–Por desgracia, no –respondió, intentando mantenerse tranquila, pero sin poder evitar un ligero temblor en la voz–. Aunque quisiera casarse conmigo, yo no lo aceptaría. Es... un poco como tú, Mack –dijo, inquieta–. No quiere responsabilidades, ni un trabajo fijo, ni pensar en el futuro –siguió andando deprisa–. Quiero que Katy viva segura y tranquila, no como yo viví con mi padre.

–Has dicho «por desgracia» –dijo Mack, subrayando la expresión–. Supongo que eso significa que todavía te importa ese hombre... aunque sea un irresponsable.

Ella vaciló. Se había metido en terreno peligroso. Si Mack sospechaba que estaba hablando de él...

–Si no me hubiera importado –dijo ásperamente–, nunca habría hecho el amor con él.

–También hiciste el amor conmigo, Suzie –le recordó Mack–. ¿Te importaba yo, entonces?

A ella se le cayó el alma a los pies. No se atrevía a mirarlo.

–Eso fue en circunstancias excepcionales –contestó–. Por favor, no me recuerdes aquel horrible día, Mack.

Él dejó escapar un suspiro.

–Es evidente que no tardaste mucho en olvidarlo y encontrar a otro –había una nota de amargura en su voz–. Debiste conocer a ese tipo justo después de llegar a Melbourne, Suzie... Para tener ya una hija...

Suzie sintió que se le ponía el vello de punta. ¿Empezaba él a sospechar la verdad?

–Me recordaba a ti, Mack –dijo, buscando una salida desesperada–. Y sabes que siempre te encontré irresistible.

A él aquello no le gustó. Frunció el ceño y se quedó en silencio durante unos minutos. Ella aceleró el paso, deseando volver a casa antes de que Katy se despertara. Había decidido dar una vuelta alrededor del centro comercial y se estaban acercando de nuevo a su apartamento.

–Has dicho que habías venido en avión. ¿Cómo es que no has venido en tu Harley? –esperaba que sacar el tema favorito de Mack lo hiciera olvidarse de su misterioso amante.

–La vendí –dijo él fríamente–. Me he comprado un coche.

Ella volvió la cabeza, asombrada.

–¿Has vendido la Harley? –no podía creérselo. Aquello era como si se hubiera desprendido de su brazo derecho.

Su padre no se hubiera apartado de su querida Harley ni en un millón de años. Ni siquiera cuando había estado hasta el cuello de deudas había considerado la posibilidad de venderla. Su Harley era su único medio de escapar de su sombrío mundo, su único camino hacia la libertad en una vida marcada por el juego y la frustración artística.

–¿Por qué la vendiste? –le preguntó–. Pensaba que la querías más que a nada en el mundo.

–Más que a nada, no –dijo Mack, con la mirada perdida, como si estuviera reviviendo el momento en que había tenido que desprenderse de su más preciada posesión. ¿Qué, se preguntó ella, era lo que Mack amaba más que a su Harley? ¿Su nuevo coche? Sin duda, sería un deportivo descapotable y reluciente con llantas de aleación y gran cilindrada.

¿O había algo que amaba más aún? ¿Habría una nueva mujer en su vida?

Suzie sintió una aguda punzada de celos. «Nunca

se lo daría a otra mujer», había dicho él de su anillo de bodas. Pero tal vez pensara comprar uno nuevo...

Sin embargo, no le había pedido el divorcio.

–Mack, ¿a qué has venido? –le preguntó.

Él se volvió para mirarla, con un cierto brillo burlón.

–Quería asegurarme de que estabas bien, Suzie. Tu madre no me decía dónde estabas y tus amigos parecían no saberlo, o no querían decírmelo, así que decidí buscar metódicamente en cada casa de modas o boutique de Melbourne hasta dar contigo.

–¿Cómo sabías que estaba en Melbourne?

–Me dijiste que te habían ofrecido un trabajo aquí, ¿recuerdas? El hecho de que mencionaras otras ofertas en otros sitios fue solo un señuelo, ¿verdad? –ella no se atrevió a mirarlo a los ojos–. Sí, claro que lo fue. De todos modos, si no te hubiera encontrado en Melbourne, lo habría intentado en Adelaida, en Perth, en Brisbane... No habría parado hasta encontrarte, Suzie.

Ella se estremeció. ¿Tanto deseaba encontrarla?

–Bueno, me alegro de no haberte causado tantas molestias –dijo ligeramente, intentando ocultar las caóticas emociones que se agitaban en su interior–. ¿En cuántas tiendas de novias buscaste antes de encontrarme? –le preguntó con curiosidad.

–Oh, en cuanto empecé a buscar en tiendas de novias, enseguida encontré tu pista. Parece que eres bastante famosa en el mundo del diseño para novias. ¿Cuándo decidiste especializarte? ¿Después de la publicidad que conseguiste con nuestra boda?

«Nuestra boda...»

Ella tragó saliva y sacudió la cabeza.

–Eso solo me hizo decidirme del todo. Ya llevaba algún tiempo jugando con la idea.

–Bueno, me alegro de que hayas encontrado tu sitio, Suzie. Por cierto, tu compañera Priscilla ha estado encantadora conmigo.

Priscilla, pensó Suzie, siempre estaba encantadora. Y deseaba fervientemente que su joven diseñadora encontrara a un hombre que la conviniera. O decidiera reunirse con el padre de Katy, quienquiera que fuese. Suzie nunca había confiado en su jefa hasta ese punto. Nunca se había atrevido a decírselo. Cuando había llegado a Melbourne, le había dicho a Priscilla que su boda por sorpresa con Mack Chaney, que había aparecido en todas las revista de moda, había sido un error, y que lo había abandonado después de la ceremonia. Y, desde entonces, no había vuelto a mencionar su nombre.

–¿Priscilla no te ha dicho que tenía una hija? –le preguntó.

–No me paré a charlar con ella. Solo le pregunté tu dirección. Me dijo que no podía decírmela, pero por suerte me encontré contigo cuando salía de la boutique. Supongo que vives encima.

A Suzie le dio un vuelco el corazón. ¿Habría reconocido Priscilla a Mack por las fotos de la boda que habían circulado un año antes más o menos? Sin embargo, Mack tenía un aspecto diferente...

¿Qué le había ocurrido en los anteriores dieciséis meses para hacerlo cambiar así? Se había cortado el pelo. Se había deshecho de su querida moto y de su ropa de cuero. Se había comprado un coche... Parecía que ganar algo de dinero con su editor de Internet se le había subido a la cabeza.

Pero, al menos, no se había gastado el dinero jugando. Suzie se mordió el labio. Tal vez Mack no fuera como su padre, después de todo.

O tal vez no lo fuera aún. Quizá todavía no se había enganchado. Pero si seguía ganando dinero, y si todavía le gustaba apostar...

Un suspiro se escapó de sus labios. Un jugador necesitaba dinero para apostar. Mack era un hombre honesto, por lo que ella sabía. Nunca robaría o pediría prestado o estafaría para conseguir dinero. Pero, si lo ganaba... Si se encontraba con mucho dinero entre las manos...

Alejó aquella inquietante idea de su cabeza.

–Bueno, como ves, estoy bien, Mack –dijo ásperamente, aunque le tembló un poco la voz.

–¿De veras, Suzie? –ella sintió que la miraba fijamente–. Vives lejos de casa, intentas salir adelante tú sola con un bebé y sin ayuda, por lo que veo. ¿Cómo te las arreglas? Sé sincera, por favor.

Parecía sinceramente preocupado. Y, por un instante, ella deseó que hubiera estado en Melbourne para compartir los pasados dieciséis meses con ella.

Intentó quitarle importancia a las dificultades por las que había pasado.

–Mi madre estuvo conmigo las primeras semanas. Y me las arreglo bien, de verdad. Mi trabajo me encanta, aunque he tenido que bajar el ritmo desde que tuve a la niña. Pero quiero que Katy esté conmigo todo el tiempo que me sea posible. Al menos, mientras siga dándole el pecho.

–Ya veo que eres una madre devota, Suzie –había una calidez en su voz que hizo que Suzie se estremeciera. Había deseado tantas veces volver a oír aquella voz, había soñado tantas veces con ella, dormida y despierta...

–Quiero a Katy más que a nada en el mundo –dijo apasionadamente, y sintió que se le encogía el corazón. Podría haber querido igualmente a Mack, si se hubiera atrevido a seguir con él, a aceptar ese riesgo–. Bueno, ya hemos llegado.

Suzie se detuvo cuando alcanzaron la puerta de su edificio de apartamentos, pero no se atrevió a mirar a Mack, por miedo a que notara su angustia. Ahora que la había encontrado y que había averiguado que estaba bien y que no había cambiado de opinión respecto a él, ¿se marcharía definitivamente a Sidney? ¿Volvería a verlo alguna vez?

–¿Cuánto tiempo vas a quedarte en Melbourne, Mack? –se oyó preguntarle, todavía sin atreverse a mirarlo. Contuvo el aliento y esperó su respuesta, deseando en el fondo verlo otra vez, pero sabiendo al mismo tiempo que aquello sería una locura.

–Oh, pienso establecerme en Melbourne de forma permanente –la informó Mack fríamente. Ella se quedó boquiabierta. ¿Iba a quedarse allí?–. Ya no tengo nada que me ate a Sidney –dijo él–. Vendí la casa de mi madre cuando vendí la moto. El terreno valía más que la casa, como sabrás. La tirarán y construirán pisos.

Suzie sintió una repentina punzada de tristeza. A pesar de su estado de desorden, la casa de Mack albergaba el recuerdo de algunos momentos de felicidad.

–El dinero de la venta me servirá para empezar de nuevo aquí, en Melbourne –continuó Mack con satisfacción.

Ella lo miró fijamente, sin atreverse a preguntarle por qué había decidido trasladarse allí. Intentaba asumir el hecho de que Mack y ella iban a vivir en la misma ciudad. ¡Después de haberse marchado de Sidney para alejarse de él...!

Estaba a punto de preguntarle más detalles, pero se mordió la lengua. No quería demostrar demasiado interés por él para no animarlo a volver a verla otro día. O, tal vez, otra noche.

Sintió una oleada de deseo y, enseguida, la reprimió. O intentó hacerlo. ¡No podía mostrarse débil! Tenía que pensar en el futuro de Katy. Debía recordar a su atormentado padre y la lucha y la desesperación de su madre. Y su propia infancia, llena de tristeza, intentando comprender el caos que había a su alrededor. Tenía que ser fuerte.

–Mack, tengo que irme.

En cualquier momento, Katy abriría los ojos. Y aunque le había dicho a Mack que el supuesto padre se parecía a él, lo que podía explicar el pelo negro y los ojos oscuros de la niña, él podía encontrar otros parecidos que eran exclusivamente suyos. Pequeños gestos, expresiones, sonrisas...

Mack se acercó a la silla y ella contuvo el aliento.

–Has dicho que el padre de Katy se parecía a mí, Suzie –alzó una ceja–. ¿Te referías al parecido físico... o al hecho de que es tan irresponsable como yo?

Ella bajó la mirada.

–A ambas cosas, supongo –balbuceó ella–. Él tiene el pelo negro y los ojos oscuros, como tú, Mack, y... se resiste tanto como tú a sentar la cabeza.

Él dio un suspiro de amargura.

–Así que, tu madre y tú todavía pensáis que soy tan irresponsable como tu padre. Que soy un desarrapado sin futuro, sin ocupación respetable y sin expectativas.

El tono áspero de su voz la traspasó.

–Mack... –su voz se desvaneció. Al fin y al cabo, él tenía razón.

–Deberías haber visto más allá de la ropa de cuero y de la Harley, Suzie. Nunca intentaste verme tal y como soy. Solo has visto lo que querías ver –esbozó una sonrisa burlona–. Tu madre te ha convertido en una paranoica.

–¡Tú no conociste a mi padre! –gritó ella.

¿Qué quería decir él con que nunca lo había visto «tal y como era»? Conocía al verdadero Mack Chaney desde hacía años. No debía hacerle caso. Solo pretendía romper sus defensas para poder volver a entrar en su vida. O en su cama.

–Mira, tengo que entrar –dijo, apartándose de él–. Adiós, Mack. Buena suerte con lo que quiera que vayas a hacer en Melbourne –buscó la llave y abrió la puerta del portal.

Mack la tomó de la mano y el corazón de Suzie pareció detenerse un instante para luego empezar a palpitar locamente. El contacto de Mack siempre le producía el mismo efecto. Un efecto debilitante. Sus manos eran tan hermosas, tan fuertes y cálidas, y sin embargo tan suaves...

–¿Todavía lo quieres, Suzie? –le preguntó él con un cierto deje de ansiedad–. Aunque no viváis juntos, ¿todavía os veis?

¿Que si veía todavía a su amante fantasma? ¿Al padre de Katy? Suzie se estremeció, con el corazón acelerado. ¿Cómo iba a pensar en una respuesta mientras él la sujetaba de aquella forma?

–No sé lo que siento por él –dijo, con la voz entrecortada–. No... no debería seguir con él. Tengo que pensar en lo mejor para Katy.

«Y para mí», pensó, desesperada.

Se apartó por fin de él, abrió la puerta y metió la silla en el portal. Katy se había despertado y lloraba con los ojos muy abiertos y la carita crispada.

–Adiós, Mack –dijo, intentando que aquello sonara a una despedida definitiva. Necesitaba tomarse un respiro. Necesitaba tiempo para pensar. Tiempo para reflexionar sobre lo que era mejor para Katy.

Oyó que Mack decía algo parecido a: «Me alegro de verte, Suzie», pero las palabras se perdieron entre los sollozos de la niña.

Suzie dio un suspiro de alivio cuando cerró la puerta tras ella, perdiendo a Mack de vista. Él no se había dado cuenta. No lo había sospechado. Por el momento, podía dormir tranquila.

Medio esperaba, medio temía que Mack la fuera a ver otra vez al día siguiente, a pesar de todo. Cuando no apareció ni aquel día ni el resto de la semana, Suzie se encontró deseando que volviera, por muy arriesgado que fuera que lo hiciera, si llegaba a ver a Katy despierta.

¿Pero cómo iba a negarle la posibilidad de conocer a su hija, ahora que vivía en Melbourne? ¿Qué derecho tenía a ocultárselo por más tiempo? Katy era suya tanto como de ella.

Pero sería una locura no averiguar algo más sobre Mack antes de hablarle de su hija. ¿Iba a durar su nuevo trabajo? ¿O se evaporaría, como el resto de sus brillantes ideas y grandes proyectos? ¿Todavía jugaba? ¿Todavía bebía? ¿Había conseguido el dinero para comprarse un coche trabajando o lo había ganado jugando? El único modo de averiguarlo era volver a verlo.

¿Pero y si no volvía? Ahora que sabía que tenía una hija, supuestamente de otro hombre, quizá hubiera decidido salir de su vida para siempre.

Oh, Mack...

Haber vuelto a verlo y saber que vivía en Melbourne le hacía difícil olvidarse de él. A pesar de la felicidad que le había dado su hija, y de que la costura y el diseño y las tareas de la casa la mantenían ocupada todo el día, se sorprendía pensando en Mack constantemente. No tenía apetito, apenas se interesaba por sus nuevos diseños y cada vez estaba más inquieta y melancólica. Hasta Priscilla lo había notado.

–Suzie, ¿qué te pasa? –le preguntó esta finalmente, en uno de los raros momentos de tranquilidad que compartían en la tienda–. Llevas toda la semana nerviosa y distraída. A veces ni siquiera me oyes cuando te hago una pregunta. Hasta la señora Fernshaw me preguntó si te pasaba algo después de que le probaras a su hija esta mañana.

Suzie se puso colorada y esbozó una sonrisa contrita. Lo último que quería era perder su trabajo.

–Lo siento, Priscilla. Supongo que no he descansado mucho estos últimos días. A Katy le están saliendo los dientes y no duerme bien por las noches. Me disculparé con la señora Fernshaw.

–Oh, no te preocupes –Priscilla le tenía poco aprecio a la señora Fernshaw. Estaba más preocupada por su joven diseñadora–. Es por ese hombre que vino a verte la semana pasada, ¿verdad? –le preguntó directamente–. Suzie, sé que no quieres hablar de él...

A la mañana siguiente de su encuentro con Mack, Priscilla estaba ansiosa por saber quién era. Si había reconocido a Mack por las fotografías de la boda, no lo había dejado notar. Suzie le había contestado con un despreocupado: «Oh, es un conocido de Sidney». Y había cambiado de tema con una resolución que mostraba que no quería contestar más preguntas sobre él.

–Priscilla, no hay nada que contar –dijo ahora, con un suspiro–. Nada en absoluto.

–¿Estás segura? –Priscilla le pasó un brazo alrededor del hombro–. Algunas veces, ayuda hablar de las cosas. A mí me gusta escuchar, Suzie. Y sé mantener la boca cerrada.

Suzie sacudió la cabeza, vacilando. ¿Cómo iba a contárselo? Ni siquiera a Mack le había dicho que Katy era su hija. No estaría bien decírselo a otra persona, ni siquiera a Priscilla.

–Era muy guapo –dijo esta–. De una forma muy interesante y misteriosa. El tipo de hombre del que cualquier mujer con sangre en las venas podría enamorarse.

Suzie se quedó boquiabierta.

–Nunca hubiera pensado que fuera tu tipo –dijo.

Priscilla se echó a reír.

–Ese hombre sería el tipo de cualquier mujer. Hay pasión y energía y capacidad de amar bajo ese aspecto duro y esos impresionantes ojos oscuros.

Suzie parecía completamente asombrada. ¿Cómo era posible que Priscilla, una respetable madre de familia felizmente casada se hubiera fijado tanto en un hombre que no era su marido? Pero su opinión era solo un juicio superficial. Priscilla solo lo había visto unos minutos.

–Pero si ni siquiera lo conoces. En realidad, es... –titubeó, mordiéndose el labio.

–¿Un poco salvaje? ¿Un poco travieso? –Priscilla sonrió–. A las mujeres nos gustan los chicos malos, ¿no es cierto? Son más románticos e interesantes. Y ofrecen un desafío tan delicioso... Una siempre cree que los hará cambiar. Harry era así hasta que lo domé.

–¿De veras? –divertida, Suzie intentó imaginarse al simpático y sosegado Harry como un chico malo, pero no lo logró–. Yo no tengo intención de redimir a

Mack Chaney –gruñó, pensando en los años que su madre había perdido intentando convertir a su padre en un marido leal y responsable.

–Mack Chaney... ¡Ah! –cuando Priscilla repitió su nombre, Suzie deseó haberse mordido la lengua–. Así que era él. Parecía distinto en las fotografías de la boda. Entonces llevaba ropa de cuero negro. Era tan romántico. ¿Por qué no lo invitas a venir por aquí?

Priscilla la miró, expectante, y Suzie se quedó aterrorizada. ¿Qué podía decirle?

–Priscilla, será mejor que vaya a ver a Katy –había dejado a la niña durmiendo en la silla en la trastienda–. Quiero asegurarme de que está... –se giró al oír la puerta de la tienda. Pero no fue un ex motero alto y de pelo negro quien entró, sino una madre y su hija en busca de un vestido de novia.

Capítulo 8

OTRA NOCHE y otro día pasaron sin noticias de Mack. Suzie se preguntaba si lo estaría haciendo a propósito para excitar sus ganas de verlo.

Si era así, el truco le estaba dando resultado. Suzie deseaba volver a verlo. Lo deseaba con todas sus fuerzas. Deseaba sentir sus brazos rodeándola, su cuerpo sobre ella...

Había soñado con él la noche anterior y se había despertado ardiendo y temblando de deseo. Pero por eso precisamente debía mantenerlo a distancia. Debía escuchar a su razón, no a su cuerpo.

Cerró los ojos. Debía evitar torturarse así. Debía evitar pensar siquiera en él. Debería estar pensando en Katy. La pobre niña tenía un resfriado y llevaba todo el día inquieta y sin ganas de comer.

Suzie había previsto coser un poco en el apartamento por la tarde, entre las tomas de Katy, y seguir cosiendo después de acostar a la niña, pero al final no consiguió trabajar.

Katy no se encontraba bien. No mostraba interés por sus juguetes, ni en el baño, que normalmente le encantaba. Solo quería estar en brazos de Suzie. Al principio, había parecido solo un poco constipada, pero a primera hora de la noche ardía de fiebre.

Suzie llamó al centro médico local, confiando en

que podrían mandar a un médico, pero siendo de noche y domingo, solo había uno de guardia, y este le pidió que llevara a la niña a la consulta.

Estaba a punto de llamar a un taxi cuando sonó el telefonillo.

–¿Sí? ¿Quién es?

–Suzie, soy yo, Mack. Sé que estarás ocupada, pero...

–¡Oh, Mack! –Suzie no sabía si sentir alivio o extrañeza. Solo sabía que al oír su voz se le había acelerado el corazón y que tenía cosas más importantes en que pensar que en Mack Chaney–. Mack, no podemos vernos ahora. Mi hija está mala y tengo que llamar a un taxi para llevarla al médico –dijo rápidamente.

–Yo te llevaré –contestó él–. He traído mi coche.

–Oh, Mack, ¿de veras? –así ahorraría tiempo. Katy no tenía buen aspecto. Estaba muy pálida y apenas se movía–. A Katy le ha subido la fiebre –dijo, preocupada–, y ha vomitado varias veces.

Eso habría bastado para ahuyentar a la mayoría de los hombres. Suzie no podía imaginarse a Tristan permitiendo que un bebé vomitara en la tapicería de su Mercedes. Pero Mack dijo simplemente:

–Baja enseguida, si estás lista. ¿Necesitas que te ayude?

–Puedo arreglármelas, gracias.

Suzie ni siquiera se paró a ponerse una chaqueta. Agarró su bolso y la bolsa con las cosas de Katy que siempre llevaba consigo y, con la niña en brazos, bajó corriendo las escaleras.

Mack había vuelto. Después de una semana sin dar señales de vida, había vuelto.

¿Pero por qué había ido a verla tan tarde? ¿Para ver si había otro hombre con ella? Le dio un vuelco el corazón y empezó a temblar. ¿Cómo se atrevía a vigilarla?, se dijo con exasperación.

Mack estaba esperando fuera. Llevaba su vieja chaqueta de cuero negro, que tantos recuerdos despertaba en ella.

La noche había caído y un manto de nubes cubría la luna y las estrellas. Pero las farolas estaban encendidas y Suzie vio varios coches aparcados junto a la acera. No había ningún deportivo descapotable. Pero, si lo pensaba bien, ¿cómo iba a poder pagarse Mack Chaney un deportivo?

Suzie se moría de ganas de preguntarle qué había estado haciendo toda la semana, pero se mordió la lengua.

–Por aquí –dijo Mack. Suzie miró calle arriba y vio un viejo coche con la pintura deslucida y abolladuras a los lados y pensó: «Sí, ese es». Pero no le importaba lo viejo o destartalado que fuera el coche mientras tuviera ruedas y motor.

Sin embargo, Mack dejó atrás aquella vieja cafetera y se dirigió a un coche grande, moderno y reluciente que había un poco más allá. Un coche respetable, con techo y cuatro puertas. Suzie no podía creer lo que veía.

–¿Este es tu coche? –le preguntó, cuando él la ayudaba con la niña. El coche no tenía silla de bebés, por supuesto, de modo que Suzie tendría que llevar a Katy en brazos.

–Sí. ¿No te gusta? –dijo él, después de asegurarse de que Suzie se había abrochado bien el cinturón de seguridad.

–Bueno, sí, me gusta. Pero me sorprende que hayas elegido un coche normal –él la miró con sorna que se transformó inmediatamente en preocupación al mirar la carita de Katy–. Oh, Mack, estoy tan preocupada por ella. Está ardiendo y casi no se mueve –aquella fiebre no era normal. No era la clase de fiebre que los bebés sufren con tanta facilidad. Era una fiebre peligrosamente alta que podía indicar algo muy serio–. ¡Está muy mal!

–Olvídate de tu médico. Vamos a llevarla al hospital –Mack se sentó al volante–. Directamente a urgencias.

Ella no discutió. Si Mack no hubiera llegado a tiempo, habría tenido que llamar a una ambulancia. Katy parecía empeorar a cada minuto y Suzie estaba aterrorizada.

–Gracias, Mack –dijo cuando el coche se puso en marcha, muy suavemente–. ¿Qué coche es este? –le preguntó, por decir algo.

–Un BMW.

Ella se quedó atónita. ¿Mack tenía un BMW?

–¿Es que has robado un banco o algo así? –exclamó, aunque no tenía muchas ganas de bromear. Y, además, era más probable que Mack hubiera comprado el coche con lo que había ganado en el juego. Ya había tenido una suerte como aquella otra vez. Y las ganancias grandes e inesperadas eran justo el modo de engancharse, pensó Suzie. Así se había enganchado su padre.

Suzie se quedó en silencio hasta que llegaron al hospital. Mack se dirigió a la entrada de urgencias y ella salió corriendo delante de él, con Katy en brazos. Justo cuando llegó al mostrador de recepción, Katy empezó a sufrir terribles espasmos.

Médicos y enfermeras se acercaron corriendo y la llevaron a una habitación cercana. Por fortuna, había un pediatra de guardia que inmediatamente se hizo cargo de la situación.

Suzie pasó las siguientes horas en un estado de

confusión provocado por el miedo. Aquello era mucho peor que cualquiera de sus pesadillas. Su hija, le dijo solemnemente el médico, tenía meningitis bacteriana. Si no la hubieran llevado al hospital inmediatamente, Katy podría haber muerto.

En realidad, todavía estaba en estado grave y lo seguiría así, la advirtió el doctor, durante las siguientes veinticuatro horas. Lo único que podían hacer era esperar.

Y Mack, para sorpresa de Suzie, esperó con ella, negándose a apartarse de su lado. Mientras la pequeña Katy yacía tan quieta y pálida como si estuviera muerta, conectada a multitud de tubos y cables, Mack y ella velaron junto a su cama, mirándola con preocupación.

–Gracias a Dios que volví a tiempo –dijo Mack.

A Suzie se le aceleró el corazón.

–¿Has estado fuera? ¿Tuviste que volver a Sidney?

–No. He estado en el extranjero.

Ella se quedó atónita. ¿Mack podía permitirse un viaje al extranjero? Sintió una punzada de celos. ¿Habría ido solo?

–¿Adónde? –le preguntó, pensando que habría ido a Nueva Zelanda, a Fidji o a Singapur, destinos populares para los australianos que querían hacer un viaje barato.

–A Las Vegas.

¡Las Vegas! A Suzie se le cayó el alma a los pies. ¡La capital del juego!

–¿Y para qué has ido allí? –le preguntó ásperamente. ¡Para jugar! ¿Para qué, si no?

–Tenía que asistir a una conferencia informática.

Ella lo miró inquisitivamente. ¿Sería cierto? ¿Cómo había podido pagarse el viaje a América? ¡Y a un sitio tan caro como Las Vegas!

Él leyó aquellas preguntas en sus ojos.

–Me pidieron que diera una charla sobre mi nuevo editor *web*. Una empresa de ordenadores me pagó los gastos.

–Ah –de modo que el viaje no le había costado nada. Y había ido a trabajar. Suzie se sintió aliviada. Mack tenía razón, pensó. Su madre la había convertido en una paranoica–. ¿Y qué tal salió la conferencia? –preguntó, con voz cálida. Deseaba creer en Mack.

–Bien –dijo él, sin entrar en detalles.

–Supongo que probaste suerte en los casinos –se oyó ella preguntar con fingida despreocupación.

–No fui a jugar, sino a trabajar.

–Pero tendrías las noches libres.

–Las noches, me las pasaba haciendo contactos y relacionándome un poco con la gente de la convención. Ya sabes cuánto nos gusta a los fanáticos de Internet hablar sobre la red.

No, ella no sabía de qué les gustaba hablar a los fanáticos de Internet. Solo sabía que a los jugadores les gustaba jugar.

–Así que no tuviste ni un rato libre.

–Yo no diría eso. Pero no tuve mucho tiempo para divertirme. Solo estuve tres días. El resto del tiempo se me fue en el viaje.

–Entonces, debes de estar agotado –Suzie evitó cualquier nota de sarcasmo en su voz. No quería condenarlo por una vaga sospecha.

Mack respiró hondo y arqueó la espalda.

–Mmm... todavía arrastro los efectos del *jet-lag* –admitió–. Aún no he recuperado el sueño que perdí.

A Suzie se le encogió el corazón. ¿Eran solo los efectos del *jet-lag* o de tres tórridas noches en Las Vegas? Un jugador adicto podía encontrar algún modo de apostar, aunque estuviera ocupado todo el día. ¡Podía haberse pasado las noches jugando!

–¿Por qué no te vas a casa y duermes un poco? –le sugirió ella sin mirarlo–. Yo me quedaré aquí para vigilar a Katy.

Pero él sacudió la cabeza.

–Ya dormiré más tarde.

–Bueno, entonces dímelo cuando quieras irte.

«No quiero, Suzie. Estoy justo donde quiero estar», pensó Mack, contemplando sus rizos rubios y los ojos angustiados que no se atrevían a mirarlo. Diablos, haría cualquier cosa por quitar aquella angustia de su mirada. Casi cualquier cosa.

Sonrió con ironía. Había una cosa que no estaba dispuesto a hacer, por muy fácil que fuera sucumbir a la tentación o por mucho que deseara volver a tenerla en sus brazos. No iba a echarlo todo a perder esta vez. Tenían mucho tiempo. Todo el tiempo del mundo.

A menos que...

Apretó los dientes y se encogió de hombros. El padre de Suzie no había dado señales de vida. No estaba en su piso aquella noche, y ella no lo había llamado para que la ayudara con Katy, ni después de llegar al hospital. Y, además, Suzie no tenía la mirada de una mujer que hubiera estado con un hombre recientemente, pensó con satisfacción.

Él sabía la expresión que tenía Suzie después de estar con un hombre, y el recuerdo lo había torturado durante los anteriores dieciséis meses. Apenas podía creer lo paciente que había sido y cómo había conseguido concentrarse en otras cosas. Pero todo merecería la pena si conseguía recuperarla para siempre.

¡Tenía que conseguirlo! No podría soportar que volviera a rechazarlo.

Suzie, mirándolo, se sonrojó. Si Mack iba a mirarla de aquel modo, tal vez no fuera una buena idea dejar que se quedara allí.

Ella apartó la mirada, aliviada cuando una enfermera entró para decirle que ambos tenían que ponerse una inyección.

–Es importante vacunar a los miembros de la familia que hayan estado en contacto cercano con la enfermedad.

La enfermera incluía a Mack, por supuesto. Suzie se preguntó si se quedaría, o si saldría huyendo. Tristan habría salido corriendo. Le daban un miedo terrible las inyecciones.

Pero Mack se quedó y no se quejó. Después de todo, había estado en contacto con Katy, aunque solo brevemente, parecían decir sus ojos.

Ella le sonrió fugazmente cuando salieron tras la enfermera.

–Mack, no hace falta que te quedes, de veras –dijo ella un poco más tarde, cuando estaban de nuevo sentados junto a la cama de Katy–. Pasarán horas antes de que sepamos si... si... –Suzie era incapaz de decirlo.

Él deslizó un brazo alrededor de sus hombros. Suzie sintió que las lágrimas se le agolpaban en los ojos. En las horas previas, se había sentido demasiado aturdida, demasiado asustada para llorar. Todavía estaba asustada, pero la cercanía de Mack parecía haber surtido sobre ella su habitual efecto debilitante. Deseaba apoyarse en él y dar rienda suelta a sus miedos y a su llanto. Pero se reprimió.

–Alguien tiene que quedarse contigo –había algo en la voz de Mack que hizo que ella lo mirara. Sus ojos oscuros tenían una expresión compasiva, pero nada más. ¿Se estaba preguntando por qué el padre de Katy no estaba allí? ¿Se preguntaba por qué no lo había llamado para velar a su hija?

Suzie sintió un nudo en la garganta. La culpa empezó a crecer como una marea. Katy podía morir. Y ella no le habría dicho que era su hija.

–Mack –tenía que decírselo. Él tenía derecho a saberlo. Sin embargo, siempre había enfermeras a su alrededor y médicos entrando y saliendo. ¿Cómo iba a decírselo delante de extraños?–. Mack... me gustaría hablar contigo un momento. Salgamos al pasillo.

Pero, justo antes de que salieran, el doctor Curzon, el médico que había diagnosticado a Katy, entró en la habitación y se inclinó sobre la niña. Frunció el ceño mientras la examinaba. Suzie contuvo el aliento y el terror pareció detener completamente su corazón.

Al fin, el médico se irguió.

–No hay ningún cambio –dijo solemnemente–. Pero tampoco ha empeorado –le aseguró, esbozando una sonrisa.

Suzie estaba demasiado preocupada para devolvérsela.

–¿Cómo es posible que se haya contagiado? –le preguntó–. Solo es un bebé.

–Por desgracia, esta enfermedad suele atacar a los niños, aunque Katy todavía es muy pequeña para tenerla. Se transmite por la saliva –dijo el médico–. Quizás alguien que haya besado a su hija, o que haya tosido junto a ella... Volveré dentro de un rato –dijo, sonriendo, y se marchó.

Suzie se dejó caer en una silla. Pensó en todos los clientes de la boutique que habían mirado a Katy, que la habían tomado en brazos o la habían besado. ¡No debería haberlo permitido!

Pero, de todas formas, Katy habría estado expuesta a los gérmenes en el supermercado, en el centro de salud, o en cualquier otra parte.

–Vamos, demos un paseo –dijo Mack. Ella respiró hondo y asintió.

Ya en el pasillo, Suzie lo llevó hacia una rincón apartado y lo tomó del brazo.

–Mack, hay algo que debes saber. Es sobre Katy.

En cuanto aquellas palabras salieron de sus labios, comprendió que Mack había adivinado inmediatamente la verdad.

Pero todavía no estaba seguro. Suzie vio el cambio de expresión de su mirada. Mack no iba a reaccionar hasta que oyera aquellas palabras de labios de Suzie. Después de todo, ella había mencionado a otro hombre. Un hombre que todavía le importaba. Un hombre que se parecía a él.

–Katy es hija tuya, Mack.

Durante un segundo, él no se movió, ni mostró ninguna reacción. ¿Estaba enfadado? ¿Estaba contento? ¿Estaba pensando en cómo podía salir de aquella... trampa en la que había caído?

Entonces, sus labios se abrieron. En los ojos tenía una expresión escéptica.

–Dijiste que había otro hombre.

–¡Estaba hablando de ti, Mack! –dijo ella en voz alta, y miró a su alrededor, confiando en que las enfermeras no pudieran oírla. Estaba empezando a desear haber mantenido la boca cerrada hasta que Katy estuviera fuera de peligro, porque ahora tendría que preocuparse de Mack y de lo que aquello significaría para él, cuando solo quería pensar en su pobre Katy, que luchaba duramente por su frágil y preciosa vida.

¿Y qué pasaría si perdía la batalla?

Los ojos se le llenaron de lágrimas. Su hija era tan pequeña, tan delicada, tan vulnerable. Y aquella enfermedad era terrible. Ella había leído casos de niños que quedaban con terribles secuelas o incluso que morían de meningitis bacteriana. Un estremecimiento le sacudió todo el cuerpo. ¿Por qué no había llevado antes a Katy al hospital? ¡Afortunadamente, Mack había llegado a tiempo!

Suzie apartó la mirada, luchando contra las lágrimas. Un gemido escapó de sus labios.

–¡Oh, Mack, estoy tan asustada! Katy podría morir...

Sintió que él se estremecía y se dio cuenta, con una punzada de vergüenza y comprensión, que Mack también debía de sentirse así, ahora que sabía que Katy era su hija. Él nunca había visto a su hija despierta, mirándolo, sonriéndole y balbuceando. Y tal vez nunca tendría la oportunidad de verla.

–¡Oh, Mack, lo siento! Yo... no sabía qué hacer. Si te lo decía, no sabía cómo ibas a reaccionar. Ni siquiera sabía si querrías saberlo.

La expresión de Mack no se suavizó. No mostró ninguna reacción aparente, aunque el brillo de sus ojos parecía...

De pronto, Suzie sintió compasión por él. ¿Estaba reprimiendo su emoción porque temía mostrarla ante ella? ¿O estaba asustado por lo que sentía? Acababa de saber que Katy era su hija y que tal vez no sobreviviera a aquella noche.

–Me alegro de que estés aquí, Mack –dijo ella impulsivamente, deseando que él supiera que ambos compartían el mismo miedo y la misma ansiedad, que podían contar el uno con el otro, ocurriera lo que ocurriera en el futuro–. Yo... nunca te he necesitado tanto.

Él la tomó de la mano. Sin decir una palabra, le hizo saber que estaría allí, con ella, todo el tiempo que su hija estuviera en peligro. Tanto tiempo como lo necesitara.

Mack no estaba seguro de lo que sentía. Un torbellino de emociones se agitaban en su interior: perplejidad, miedo, rabia, incredulidad, desesperación. Su hija. No la hija de Tristan, ni de otro hombre. Katy era su hija. Suya y de Suzie.

De repente, sintió un abrumador sentimiento de amor por la niña que habían hecho juntos. Trató de controlarse. No era momento de echarse a llorar. Era preferible dar rienda suelta a su enfado.

–De modo que –dijo, mirándola con ojos ilegibles–, si no hubiera venido a verte, mi hija podría haber muerto sin que yo siquiera me hubiera enterado de que existía.

Suzie dejó escapar un gemido.

–Oh, Mack, no digas eso... ¡Katy no puede morir! –gritó–. ¡No puede morir!

La mirada de Mack se transformó al ver su angustia.

–No morirá, Suzie. Está en buenas manos. Ya has oído al doctor Curzon. Se mantiene estable y no ha empeorado. Eso es una buena señal, Suzie.

Ella lo miró a través de un velo de lágrimas y también percibió su angustia.

–Si... si hubiera sabido que ibas a reaccionar así, Mack... Que querrías conocerla...

La expresión de Mack se ensombreció.

–¿De veras pensabas que no querría?

Ella tragó saliva y sacudió la cabeza.

–No estaba segura. Pensé que sería mejor para

Katy si... Maldita sea, Mack, no quería que ella pasara por lo mismo que pasé yo. Quería que tuviera una vida segura, estable y feliz.

–¿Y pensabas que yo no podría dársela? –preguntó él, con tono amargo.

–¿Y puedes? Tú no eres del tipo de hombres que sientan la cabeza. No eres un hombre de familia, con un trabajo fijo y un sueldo mensual.

Él frunció el ceño.

–De modo que todavía crees que soy como tu padre. Que soy incapaz de conservar un verdadero trabajo. Que desperdiciaré mi vida y me gastaré en bebida todo el dinero que gane...

–¡O en el juego! –las lágrimas que Suzie había retenido tanto tiempo comenzaron a derramarse por sus mejillas.

Él la traspasó con la mirada.

–Crees que... –se interrumpió–. No discutamos, Suzie –dijo, angustiado–. Quiero ver a mi hija, ahora que sé que es mía.

–Sí, sí, claro –dijo Suzie, aturdida.

Mack entró de nuevo en la habitación delante de ella. Junto a la cama había una enfermera que se marchó en cuando Mack se acercó.

Suzie temblaba. En parte, de alivio por haberse deshecho de aquel secreto y, en parte, al pensar en que Mack veía a Katy por primera vez como su hija. ¿Cuál sería su reacción? Mack solía esconder sus verdaderas emociones. Pero descubrir que tenía una hija y que tal vez estaba a punto de perderla para siempre... Aquello tenía que haberlo afectado. Lo había afectado. Era evidente por la expresión de sus ojos.

¿Pero querría participar en la vida de Katy, cuando la niña se recuperara? ¿Quería ella que lo hiciera? ¿Y cómo se sentiría ella si él insistía en visitar regularmente a Katy?

Suzie buscó la clave en la cara de Mack cuando este se inclinó sobre la cama. La niña, todavía conectada a todos aquellos tubos, yacía tan mortalmente quieta como antes.

Suzie observó un cambio visible en el semblante de Mack cuando miró a su hija. Los grandes ojos marrones de Katy estaban cerrados, pero su pelo negro, tan diferente a los rizos dorados de su madre, estaba a la vista.

–Es muy guapa –murmuró Mack, viendo a Katy por primera vez con los ojos de un padre. Le acarició ligeramente la mejilla con un dedo–. Es perfecta.

Su voz era ronca y temblorosa. Y sus ojos brillaban de una forma que Suzie no había visto nunca antes. Era evidente que estaba profundamente emocionado.

A Suzie se le llenaron los ojos de lágrimas. Había temido lo que ocurriría si Mack volvía a entrar en su vida. Pero, al verlo junto a su hija, comprendió que había hecho bien y que nunca volvería a hacer nada por mantener a Mack alejado de Katy... por mucho dolor que le causara a ella tenerlo cerca.

Capítulo 9

LAS HORAS pasaron. Suzie y Mack estuvieron en vela toda la noche y el día siguiente, que, por fortuna, era domingo. Suzie pensó en llamar a Priscilla, pero al final decidió no hacerlo hasta que Katy hubiera pasado el periodo crítico de las primeras veinticuatro horas.

Si es que lo pasaba.

Le dio un escalofrío. Mack lo notó y la rodeó con el brazo.

De vez en cuando, tomaban un sándwich, un café o un aperitivo. Las enfermeras les ofrecieron camas, pero ambos declinaron, insistiendo en quedarse sentados al lado de Katy. A veces, se quedaban dormidos en la silla.

Cuando se cumplió la segunda noche de su larga vigilia, una enfermera les sugirió que bajaran a la cafetería para tomar una verdadera comida y estirar las piernas.

–Los llamaré inmediatamente si hay algún cambio –les prometió.

Suzie estaba a punto de negar con la cabeza, pero Mack insistió y tiró de ella para que se pusiera en pie.

–Necesitas un respiro. Vamos, no tardaremos mucho.

Ninguno de los dos tenía mucho apetito, pero al menos era una cambio de escenario, y el ejercicio los ayudó a relajar los músculos agarrotados.

Cuando volvieron a la habitación, había un grupo de médicos y enfermeras inclinados sobre la cama de Katy. Suzie se quedó sin aliento y su corazón se detuvo de puro pánico. «Oh, Dios, por favor, que Katy no esté peor. Por favor, no la dejes morir. Por favor, por favor, haz que se ponga bien». Sintió que Mack, rígido y callado a su lado, también contenía el aliento.

Al cabo de unos minutos, uno de los médicos se acercó a ellos... sonriendo. Era uno nuevo. El doctor Curzon ya había terminado su guardia.

–Bien, ya pueden relajarse, las noticias son buenas –les dijo–. Su hija ha pasado el periodo crítico y muestra signos de recuperación –sonrió–. Su temperatura es normal y ha mejorado notablemente. Incluso ha comido. Creo que va a recuperarse completamente.

–¡Oh, gracias, doctor, gracias! –Suzie miraba al médico, pero se había aferrado a Mack. Él la sostenía con fuerza de los brazos.

–Fue una suerte que la trajeran tan pronto –comentó el doctor–. Si hubieran tardado un poco más, habría sido demasiado tarde para salvarla... o podrían haberle quedado graves secuelas.

Suzie se estremeció.

–¿Quiere decir que no le quedará ninguna? –lo miró con ojos suplicantes, ansiosa de que se lo confirmara.

–Bueno, tendrá que estar hospitalizada un par de semanas. Debe permanecer en tratamiento de antibióticos un poco más y queremos mantenerla en observación. Podrá pasar todo el tiempo que quiera con ella –le aseguró–. Quizá ustedes dos podrían establecer turnos para venir durante el día, si tienen que trabajar o tienen otros hijos a los que atender. A su hija le hará bien ver una cara familiar cuando esté despierta.

Suzie notó que Mack se ponía tenso cuando el médico pronunció aquellas palabras y enrojeció. ¿Le dolía saber que él no era una cara familiar para Katy? ¿Todavía estaba enfadado con ella por no habérselo contado antes? ¿O empezaba a sentirse un poco atrapado? ¿Querría turnarse con ella para cuidar a Katy durante un par de semanas?

Alejó todas aquellas preguntas de su pensamiento. Solo deseaba pensar en Katy en ese momento.

–¿Podemos verla ahora? –preguntó, y el doctor asintió.

–Desde luego. Entren a ver a su preciosa hija.

Pasada la medianoche de ese domingo interminable, Mack dejó a Suzie en casa. Sin darse cuenta, ella se había quedado dormida sobre su hombro por el camino, pero cuando aparcó frente al bloque de apartamentos, abrió los ojos y levantó la cabeza.

–Oh, lo siento, Mack. Me he quedado dormida –al incorporarse, sintió una punzada de dolor en la cabeza. Se sentía fatal. La tensión de las largas y traumáticas horas de espera había empezado a hacer mella en ella.

–Debes irte a la cama –dijo Mack mientras se desabrochaba el cinturón de seguridad–. Ya has oído lo que ha dicho la enfermera. Es importante que descanses. Katy estará bien, y tú no vas a volver al hospital hasta que hayas dormido unas cuantas horas. Vas a dormir hasta mañana al mediodía, por lo menos.

Él insistió en acompañarla hasta el piso.

–No quiero que te quedes dormida en la escalera, o en una silla –murmuró–. Quiero ver que te metes en la cama y que te quedas ahí.

–Pero yo... no puedo irme a la cama todavía –protestó ella–. Tengo citas esta mañana. Debo avisar a Priscilla...

–Priscilla estará durmiendo ahora mismo. Yo la llamaré a primera hora de la mañana. Ella cancelará o pospondrá las citas que tengas para los próximos días. Si alguna es absolutamente vital, puedes decirme a qué hora es y yo iré al hospital para sustituirte. Haremos lo que el médico sugirió y nos turnaremos para ir a ver a Katy. Así podrás ver a tus clientes o coser durante el día.

Ella lo miró con ojos cansados.

–¿Y tú no tienes que trabajar? Dijiste que estabas vendiendo ese programa para Internet. ¿No estás ocupado durante el día?

–Eso puedo hacerlo a cualquier hora. Yo soy mi propio jefe –él sonrió secamente–. Puedo dejarlo cuando quiera.

Suzie dejó escapar un suspiro. Claro que podía. Mack solo trabajaba cuando quería. Así era él. Pero no iba a discutir con él en ese momento.

–Yo no tengo nada urgente esta semana –dijo al cabo de un momento–, pero si dices en serio lo de quedarte con Katy parte del día, podría coser un poco mientras tú estás con ella.

–Oh, claro que lo digo en serio –dijo Mack, de nuevo con tono seco–. Quiero conocer a mi hija, y quiero que ella me conozca. Pero creo que las primeras veces que me vea, tú deberías estar conmigo. Para que se vaya acostumbrado a mí.

Los dos padres haciendo frente común. Suzie tragó saliva con esfuerzo. ¿Cuánto duraría aquella unión? ¿Cuánto tiempo aguantaría Mack estar sentado junto a una niña enferma? ¿Y era sensato fingir que eran pareja cuando no lo eran?

Claro que era sensato, si ayudaba a Katy a conocer a su padre. Si era sensato para la propia Suzie, era otro cantar.

Suzie se tambaleó ligeramente y Mack la sujetó por la cintura y prácticamente la llevó en volandas hasta el dormitorio.

–Ni siquiera estás en condiciones de desvestirte –gruñó–. Voy a ayudarte, Suzie, así que no discutas. Ya te he visto desnuda antes, ¿recuerdas?, y no hay peligro de que caigas en mis brazos en el estado en que estás, ni de que yo quiera que lo hagas, porque estoy rendido.

Ella no protestó. Estaba demasiado cansada, física y emocionalmente. Pero incluso en el estado en que se encontraba, sintió que la piel se le erizaba bajo el contacto de las manos de Mack, y que su aliento se detenía cuando él le sacó el jersey por la cabeza. Una pequeña llama se agitó en su interior cuando Mack le quitó el resto de la ropa.

Él, por su parte, procuraba desnudarla como un ejercicio clínico. Su semblante se mantenía impasible y sus ojos se entrecerraron con expresión ceñuda. No habló, ni se paró a mirarla cuando le pasó el camisón por la cabeza.

Pero, una vez la tarea estuvo completada, le pasó las manos por los brazos y le dio un rápido beso en los labios.

–Buenas noches, Suzie –ahora parecía menos tenso, más relajado, como si, al cubrir su desnudez, se hubiera evaporado parte de la tensión que lo consumía–. Que duermas bien. Y no pienses en nada.

¿Quería decir que no pensara en ellos? ¿En lo que aquella nueva situación iba a significar para su relación? Ella lo miró cuando se dio la vuelta y cruzó la habitación sin decir nada más ni volver la vista atrás.

Después, Suzie cerró los ojos. Tenía demasiado sueño para tratar de contestar aquellas preguntas.

En cuanto se despertó, después de dormir seis horas, se dio una ducha caliente, se vistió, y llamó a un taxi para que la llevara al hospital. Mientras esperaba a que llegara, bajó a la boutique para contarle a Priscilla lo que había pasado... y se enteró de que Mack ya la había llamado.

–Me alegro de que Mack estuviera contigo, Suzie –dijo Priscilla con ternura, y Suzie le lanzó una mirada dura. ¡Ya lo sabía! Ya fuera porque lo había adivinado o porque Mack se lo había contado, el caso era que lo sabía.

–Sí, yo también –admitió ella, aunque no estaba dispuesta a admitir nada más. Todavía no. Mack no se quedaría mucho tiempo. Posiblemente, no querría quedarse. O tal vez ella no querría que se quedara.

Esbozó una triste sonrisa. Lo que ella quería y lo que era mejor para Katy eran, por desgracia, dos cosas enteramente distintas.

–No te preocupes del trabajo hasta que Katy esté bien –dijo Priscilla con firmeza–. El único encargo urgente es el de Amy Braithwaite, y Sophie puede acabarlo.

–Estaré en casa por las noches –dijo Suzie–, así que puedo...

–Por ahora, no vas a preocuparte de nada –insistió Priscilla–. Podemos arreglárnoslas sin ti unos cuantos días. O el tiempo que necesites. Tú ocúpate de esa preciosa hija que tienes.

Suzie la abrazó.

–Gracias, Priscilla, eres un ángel.

Iba a añadir que tal vez pudiera pasar algún rato

por la tienda durante el día si Mack y ella se turnaban para cuidar a Katy, pero se lo pensó mejor. Mack podía haber cambiado de opinión cuando volviera a verlo. Si es que volvía verlo.

Recordaba cuántas veces le había prometido su padre hacer cosas con ella, ir a buscarla al colegio, llevarla al parque o a ver una película, y, en vez de eso, se había ido a las carreras o al casino, o había intentado huir de sus frustraciones dándose una furiosa carrera en su moto, olvidando completamente las promesas que le había hecho a su hija.

–Ah, ahí está mi taxi –dijo Suzie, y se marchó.

Se pasó angustiada todo el camino hacia el hospital. ¿Y si Katy había empeorado o había sufrido una recaída mientras ella no estaba? ¿Y si los médicos se habían equivocado? ¿Cómo había podido dejarla, ni siquiera un minuto?

Estaba en un estado de nervios cercano al pánico cuando llegó a la zona de aislamiento donde debía estar Katy. Cuando vio que su hija no estaba allí, se quedó helada. Corrió hacia el cuarto de las enfermeras, preguntando frenéticamente:

–¿Dónde está mi hija? ¿Dónde está Katy?

Las enfermeras la tranquilizaron, diciéndole que Katy había sido trasladada a cuidados intensivos, donde permanecería hasta que pudiera irse a casa. Estaba bien, le aseguraron.

Suzie apretó las manos contra el pecho, aliviada, y buscó a una enfermera de cuidados intensivos para que la llevara junto a su hija.

Katy todavía estaba débil y pálida, y todavía permanecía conectada a los tubos que le suministrarían los vitales antibióticos hasta estuviera lo bastante recuperada para dejar el hospital. Pero la niña abrió los ojitos cuando Suzie se inclinó sobre ella, casi como si hubiera sentido que su madre estaba allí. Suzie sintió que las lágrimas se le agolpaban en los ojos cuando su hija sonrió al reconocerla.

Le habría encantado que Mack hubiera visto aquella sonrisa, pero no había rastro de él. Suzie volvió a preguntarse si, después de una noche de reflexión, habría decidido marcharse para siempre. O, tal vez, solo quisiera darle un poco de tiempo para que estuviera a solas con su hija.

A media mañana, le dejaron tomar en brazos a Katy, con tubos y todo, mientras un auxiliar cambiaba las sábanas. La niña pareció responder al contacto. Sus ojos parecieron brillar y sus mejillas se colorearon un poco. Incluso agarró con fuerza un dedo de su madre.

–Tiene mucho mejor aspecto –comentó una voz profunda. Suzie se dio la vuelta al reconocerla.

–¡Mack! –exclamó. ¡Ahí estaba, tal y como había dicho!

Llevaba otra vez su chaqueta de cuero negro, que, como siempre, despertó turbadores recuerdos en Suzie... y una punzada de intranquilidad. «No te dejes llevar. Recuerda cuánto se parece a tu padre, y lo que eso podría significar para la vida de Katy. Y para tu propia tranquilidad».

–Llamé a la boutique antes de venir aquí y Priscilla me dijo que ya te habías ido –dijo Mack–. Deberías haber dormido más horas. Tienes mucho sueño que recuperar.

Así que, esa era la razón de que no hubiera aparecido antes en el hospital. No esperaba que ella llegara hasta más tarde.

–Tú también –le recordó ella. Sin embargo, Mack había tenido tiempo de llamar a Priscilla a primera hora de la mañana y de nuevo otra vez, más tarde–. Y yo he dormido seis horas seguidas –le dijo–. Con eso me basta. Estaba deseando volver con Katy.

La mirada de Mack se posó en la niña.

–Está despierta –se inclinó sobre ella, pero no se acercó demasiado por no asustarla–. Tiene los ojos marrones –comentó, y lanzó a Suzie una mirada cargada de sentido.

Suzie reprimió un punzada de emoción.

–Nadie puede dudar que es hija tuya, Mack –se interrumpió, sonriendo–. Aunque mi madre haya preferido ignorarlo.

–Supongo que no le habrás dicho que ahora vivo en Melbourne.

Suzie se rio un instante.

–Si lo supiera, seguramente saldría disparada hacia aquí para protegerme.

Por eso mismo no había querido contarle a su madre lo de la enfermedad de Katy. No quería que se presentara de repente e hiciera una escena en el hospital, ahuyentando a Mack antes de que hubieran tenido la oportunidad de aclarar las cosas respecto a su hija. La situación ya era bastante delicada.

Mack arrugó el ceño.

–¿Qué tiene tu madre contra mí, Suzie? ¿Es simplemente que visto con cuero negro, me gustan las motos y de vez en cuando me bebo una cerveza? –preguntó Mack, sardónico–. Preferiría verme elegantemente trajeado y con corbata, como Tristan Guthrie, y trabajando en una oficina respetable, ¿no es eso?

Suzie se mordió el labio. No tenía ánimo para discutir allí, delante de su hija enferma.

–Mack, estás aquí para conocer a Katy, no para hablar sobre mi madre –acunó suavemente a la niña en sus brazos–. ¿Quieres sostener a tu hija?

Pero una enfermera entró en ese momento para poner a Katy de nuevo en la cama y tomarle las constantes vitales.

–¿Por qué no bajan a la cafetería y toman algo de comer? –les sugirió, dirigiéndose a ambos–. Vayan antes de que empiece el ajetreo de mediodía.

Suzie vaciló. Por la expresión que tenía Mack, parecía que quería hacerle más preguntas y que querría respuestas. Respuestas que ella no podría darle sin hablarle de...

Respiró hondo. Su padre había muerto. Ella ya no podía herir sus sentimientos o avergonzar a su madre si revelaba los sórdidos detalles de las adicciones de su padre. Además, cuando había acusado a Mack de jugar, él había reaccionado con sorpresa. Debía darle una oportunidad para que se explicara.

–Perdona, pero tengo que ausentarme un rato –dijo Mack, resolviendo el dilema–. Debo ver a alguien.

Suzie debería haberse sentido aliviada, pero no lo hizo. A pesar de que Mack tenía que hacerle muchas preguntas, se buscaba una excusa para alejarse de ella. ¿O era que tenía miedo de que acabaran discutiendo en público sobre el papel que habría de desempeñar en la vida de Katy?

¿Iba realmente a ver a alguien, o simplemente quería escapar de la atmósfera opresiva del hospital? O tal vez fuera que estaba deseando volver ante su ordenador un rato.

–De acuerdo. Márchate –dijo ella con ligereza. Almorzar sola le sentaría bien. Así podría pensar y recobrarse–. Yo estaré aquí, por si Katy me necesita –se marchó sin decirle «hasta luego». Si Mack quería volver, volvería.

Y volvió. Y no solo volvió, sino que se quedó el

resto de la tarde con ella. Incluso tomó en brazos a su hija por primera vez. Viéndolos juntos, Suzie sintió una opresión en el corazón. Mack parecía tan a gusto con Katy, y la niña ni siquiera se movió cuando aquel desconocido de ojos oscuros la tomó entre sus fuertes brazos y la acunó tan delicadamente como si fuera una joya preciosa y frágil.

Suzie sintió un nudo en la garganta. Jamás había visto ese brillo de ternura en los ojos de Mack.

–Le puse el nombre de tu madre, Mack –admitió ella suavemente. Quería que él supiera que no lo había olvidado por completo–. La llamé Katherine Ruth. Por sus abuelas.

Mack la miró fijamente. Se estaba preguntando si debía creerla.

–Tú ni siquiera conociste a mi madre.

–No, pero como siempre hablabas con tanto cariño de ella, sabía que significaba mucho para ti.

Mack sonrió con cierta ironía.

–Gracias, Suzie. Me alegro de saber que no te olvidaste de mí completamente –pero había un brillo en su mirada que mostraba que estaba emocionado.

Suzie miró rápidamente a su hija, para ocultar su angustia. «Oh, Mack, yo nunca te he olvidado, ni un solo momento».

Fue un alivio cuando una de las enfermeras los interrumpió otra vez. Una médica, que se presentó como la doctora James, iba con ella. Suzie contuvo el aliento cuando se inclinó para examinar a su hija. A la hija de ambos.

La doctora se declaró más que satisfecha con los progresos de Katy. La fiebre no había vuelto y los análisis eran normales, aunque tendrían que seguir aplicándole el tratamiento de antibióticos todavía un par de semanas.

–Son una pareja afortunada –dijo, mientras se iba.

Una pareja...

Ninguno de los dos dijo que no eran pareja y que seguramente nunca lo serían. Suzie tragó saliva al sentir la mirada de Mack clavada en ella. Sus oscuros ojos parecían decirle que podían haber sido una pareja, si ella no hubiera huido. ¿Estaba pensando en los largos meses que habían pasado desde entonces? ¿O solo en los seis últimos, desde el nacimiento de Katy? Seis meses en los que había ignorado que tenía una hija.

Bueno, afortunadamente no era demasiado tarde. Katy iba a ponerse bien, y solo tenía seis meses de edad. Mack tenía mucho tiempo por delante para conocer a su hija, si quería.

Suzie dejó que Mack tomara en brazos a la niña otra vez, esa tarde, antes de que los dos se marcharan del hospital para dormir. Esa vez, la pequeña le dirigió la sonrisa más dulce del mundo. Mack se la devolvió y le habló como cualquier padre hablaría a su hija pequeña. Y después levantó la vista y sorprendió la mirada de Suzie... y sonrió otra vez, esta vez para ella.

A Suzie se le aceleró el corazón y, a su vez, sonrió, dándose cuenta demasiado tarde que había puesto el corazón en aquella sonrisa.

–Ahora no puedes arrojarme de tu vida, Suzie –dijo él en voz baja.

Ella desvió la mirada. Cuando él la miraba así, sentía que se derretía. Recordó a su padre y se estremeció. Él también era capaz de hechizar a su madre con la misma facilidad.

–No te impediré ver a Katy –murmuró ella.

Mack se quedó callado un momento y luego susurró:

–Bien. Dejémoslo así hasta que Katy esté mejor.

Ya tienes bastante por ahora como para tener que tomar decisiones importantes.

Decisiones importantes... Ella sintió un escalofrío. Mack le estaba diciendo que quería entrar de nuevo en su vida, no solo en la de Katy.

–Haremos lo que sugirió el doctor –dijo Mack suavemente–. Nos turnaremos para venir a partir de ahora. Yo puedo venir cuando tú quieras, Suzie. Así podrás concentrarte completamente en Katy mientras estés con ella, y la niña podrá acostumbrarse a estar conmigo cuando yo venga.

Ella asintió, mirando a Katy.

–Tal vez podamos ir al cine o al teatro una noche –sugirió Mack–. O alquilar una barca para remar por el río, para despejar los malentendidos...

Suzie lo miró.

–Mack...

–Prometo no presionarte, Suzie –se apresuró a asegurarle él–. Si te pasas las noches sola en casa, te quedarás trabajando hasta tarde. Y Priscilla dice que no tienes que trabajar por la noche, que tienes que descansar y divertirte. Estarás muy ocupada atendiendo a Katy y yendo y viniendo entre el hospital y la boutique. Tendrás que desconectar un poco por las noches –al ver que ella vacilaba, Mack continuó–. Prometo no hacer ningún acercamiento que tú no desees, si eso es lo que temes. Ni siquiera iré a buscarte a casa, si no me invitas. Solo pasaremos algún tiempo juntos y nos divertiremos un poco. Nada de discusiones –le prometió otra vez–. Pero creo que me debes una explicación. Tienes que hablarme de mi hija. De sus seis primeros meses de vida. De tu embarazo. De tu vida con Katy.

¿Tanto le importaba? Suzie lo miró con incredulidad.

Mack la acarició con la mirada, pero no la tocó.

–Ni siquiera quiero que pienses en nosotros, en ti y en mí, por ahora, Suzie –murmuró–. Ahora es nuestra hija lo único que importa. Tienes que estar alegre, fuerte y sana para atenderla.

«Sí», pensó Suzie, «tengo que estar alegre, fuerte y sana para atenderla».

–Tienes razón, Mack –dijo–. Katy es lo único que importa ahora.

–Te llevaré a casa –le ofreció él–. Y no te preocupes –añadió, sonriendo–. No voy a entrar. Compraré algo de camino para que cenes. Supongo que no te apetecerá cocinar. Y no cosas esta noche. Vete a la cama pronto. Todavía tienes mucho sueño que recuperar.

Suzie no discutió.

Capítulo 10

ESTABLECIERON una rutina diaria: Suzie iba primero al hospital, sobre las ocho, y se quedaba con Katy hasta que Mack llegaba a última hora de la mañana. Antes de relevarse, hablaban de la niña, como dos padres normales. Luego, Suzie se iba a la boutique para ver a sus clientes, trabajar en algún diseño o seguir cosiendo.

A media tarde, volvía al hospital y, después de interrogar a Mack sobre cómo había estado Katy durante su ausencia, él se marchaba y ella se quedaba con su hija hasta las siete.

El marido de Priscilla, que tenía un negocio de automóviles de segunda mano, había insistido en prestarle uno de sus coches para que no tuviera que usar el transporte público o pagar a un taxi, y Suzie le estaba muy agradecida.

Mack dejó que se acostumbrara a aquella rutina durante un par de día antes de sugerirle que salieran una noche. Había ido preparado, con dos entradas para el teatro y un ramo de flores.

–¿Quieres ir a ver una comedia, Suzie? Dicen que es muy divertida. Quiero verte reír otra vez –observó fijamente su cara pálida–. Reír te sentará bien.

–Me encantaría –se oyó decir ella–. ¿A qué hora empieza?

–A las ocho. Vendré a sustituirte a las cinco, para

que puedas ir a casa a arreglarte. Te recogeré a las siete y media. Después del teatro podríamos ir a cenar.

¿Cenar después del teatro? Suzie no estaba segura de querer hacerlo. Normalmente, la cena iba acompañada de vino, y el vino y una noche estrellada podían seducir a una mujer y hacerle cambiar de opinión.

–Creo que estaré muy cansada después del teatro –dijo–. Tomaré algo en casa antes de que me recojas.

–Como quieras –dijo él, no queriendo tentar su suerte–. Bueno, supongo que tendrás prisa por irte a la tienda... –apartó una silla junto a la cama de Katy.

Ella se quedó parada. Todavía la asombraba que Mack quisiera pasar gran parte de su tiempo sentado junto a su hija. ¿Habría estado Tristan tan entregado? Tristan era un verdadero cobarde cuando se trataba de enfermedades, agujas e infecciones. Habría puesto cualquier excusa para marcharse.

Pero, al menos, Tristan tenía un trabajo. Un verdadero trabajo. Y Suzie no sabía en qué estaba trabajando Mack exactamente. ¿Le iba bien? ¿Se lo tomaba en serio? Él nunca le contaba nada, ni parecía preocupado por pasar tantas horas lejos de su ordenador. Tal vez su trabajo solo requería un par de horas al día.

–¿Te pasa algo, Suzie?

Ella dio un respingo. Mack era muy intuitivo, recordó.

–Es que odio dejar a Katy –balbuceó ella, y se inclinó para besar a su hija antes de marcharse.

–La dejas en buenas manos, Suzie. Te lo prometo –le aseguró Mack.

Había un tono de sequedad en su voz que hirió a Suzie.

–Oh, Mack, no quería insinuar que... –se interrumpió. No podía culparlo por pensar que aún no confiaba en él. En realidad, era cierto. Al menos, en algunas cosas.

Pero no en aquello. No en lo que respectaba a Katy.

Suzie sintió la mirada de Mack clavada en ella varias veces durante la alegre representación. La comedia estaba llena de buen humor, canciones satíricas y chistes ingeniosos y la hizo reír tanto que se le saltaron las lágrimas.

Todavía se reía cuando salieron.

–Oh, ha sido estupendo, estupendo –exclamó, con los ojos brillantes–. ¿Te ha gustado, Mack?

–Claro. Pero me ha gustado más verte reír.

Ella lo miró un instante y le dio un vuelco el corazón. Comentarios como aquel no formaban parte de su acuerdo.

–Ha sido fantástico verte reír otra vez –se apresuró a decir Mack–. Y ver que te divertías y que te olvidabas de todo por un rato. ¿Te sientes un poco mejor ahora?

Ella asintió.

–No me había reído tanto en toda mi vida.

–Y te ha sentado muy bien. ¿Has notado cómo te miraba la gente? Esa brillo que tienes en la cara atrae la mirada de todos los hombres. Y la envidia de todas las mujeres.

–Oh, Mack, no te burles de mí. Seguramente me miraban porque estaba dando el espectáculo. Pero es que no podía parar de reírme.

Tal vez él la hubiera mirado a menudo durante la representación porque lo estaba avergonzando. Su risa había sido casi histérica en algunos momentos. Por la liberación de la tensión, suponía.

Y, realmente, le había sentado bien.

Se sentía tan a gusto que aceptó ir a la cafetería del teatro con Mack para tomar un tentempié antes de volver a casa, aunque declinó beber una copa de vino. En la cafetería, la gente se amontaba como sardinas en lata. Suzie se alegró de que hubiera poca intimidad. Así le sería más fácil evitar una conversación íntima. Hablaron sobre el espectáculo hasta que acabaron su aperitivo y llegó el momento de volver a casa.

Por el camino, Suzie permaneció callada, sintiéndose vulnerable otra vez. ¿Respetaría Mack su promesa de no entrar? ¿La presionaría? ¿Intentaría sacar partido de su estado de euforia?

Empezó a temblar. Si su madre supiera que Mack había reaparecido en su vida, la obsequiaría con toda clase de advertencias sobre el peligro de atarse a un hombre tan irresponsable como lo había sido el padre de Suzie.

Y tendría razón, pensó esta. Probablemente era una locura volver a relacionarse con Mack.

Aunque, en realidad, no tenía opción. Katy lo había cambiado todo. Tenía que darle a Mack una oportunidad. Podría manejar la situación, se dijo. Era mayor y más sabia, y era plenamente consciente de los peligros que entrañaba volver a tenerlo cerca otra vez.

Cuando Mack aparcó frente a su bloque de apartamentos, Suzie buscó inmediatamente la manivela de la puerta.

–Gracias, Mack... –empezó a decir, y se quedó sin aliento cuando él le tocó el brazo.

–Relájate, Suzie. Solo quiero decirte algo antes de que te vayas.

Ella tragó saliva.

–¿Sí?

Él esbozó una sonrisa.

–¿Sabes que Katy siempre se echa su siesta más larga entre las once y las dos del mediodía?

Ella asintió. Mack estaba casi siempre con su hija a esas horas.

–¿Preferirías estar con ella mientras está despierta? –le preguntó ella. Qué egoísta había sido al no pensar en ello–. Mack, si quieres que cambiemos las horas...

Él sacudió la cabeza, sonriendo suavemente.

–No. Katy se pasa despierta casi toda la tarde, antes de que tú vuelvas. No, esa no es la cuestión –sus ojos brillaron en la oscuridad–. Ya que la niña duerme entre las once y las dos, ¿por qué no aprovechamos un día... mañana, si quieres... y nos vamos a comer al campo, para hablar de Katy? Hay un parque muy grande justo detrás del hospital.

–Bueno, de acuerdo –Suzie sabía cuánto deseaba Mack que le hablara de su hija–. Haré unos bocadillos.

–No hace falta. Yo llevaré la comida. Tú quédate con Katy por la mañana, y yo llegaré a las once con las provisiones. Cuando se quede dormida, nos escabulliremos una hora o así. Ahora, vete, si quieres –dijo, soltándola–. Yo esperaré hasta que entres.

Suzie abrió la puerta del coche, aliviada.

–Gracias por esta noche tan estupenda, Mack –dijo. Y, sintiéndose culpable por haber dudado de él, se inclinó y le dio un rápido beso en la comisura de la boca.

Pero no le dio oportunidad de reaccionar. Eso podía ser peligroso. Podía destruir la frágil coraza que con ella había cubierto su corazón. Pero temblaba cuando entró en su apartamento. Un segundo más en el coche y hubiera sido demasiado tarde. Habría mandado al garete todas sus precauciones.

Mack se quedó unos minutos sentado en el coche después de que ella se hubiera ido. Vio encenderse las luces del apartamento y apretó los dientes, intentando deshacer el nudo que sentía en el estómago. Le había costado toda su fuerza de voluntad no retenerla cuando lo había besado. Si hubiera dado rienda suelta a su impulso, la habría besado hasta hacerla perder el sentido de puro deseo.

Y le habría resultado fácil. Ellos siempre se habían excitado mutuamente. Pero Mack no quería recuperarla de esa forma. Quería que Suzie recordara otras cosas que habían compartido: cómo habían sido capaces de disfrutar de pequeños placeres; cómo habían disfrutado de su compañía mutua, aprendiendo cosas el uno del otro, sus gustos, sus opiniones, las cosas que les hacían reír, que los molestaban o los enfurecían.

Tenía que tener paciencia. Además, le había dado su palabra. Nada de presiones, ni de discusiones. No, mientras Katy estuviera enferma. Si hacía las cosas mal, ella lo rechazaría otra vez. Y no podía perderla de nuevo. Se le heló el corazón al pensarlo. Hasta el momento, todo iba bien. Ella le permitía ver a su hija y estar a solas con ella. Había aceptado ir al teatro con él. Había aceptado comer en el parque con él al día siguiente.

Placeres sencillos. Eso sería lo que funcionaría. Suzie había probado lo que Tristan, un hombre rico, podía ofrecerle, y lo había rechazado. Pero Mack debía recordar que también lo había rechazado a él una vez, cuando había tratado de impresionarla con un puñado de dólares fácilmente ganados. Y no iba a cometer ese error otra vez.

Haría todo lo que pudiera.

Pero, diablos, él no era de piedra. Sería mejor que Suzie no siguiera manteniéndolo a distancia mucho tiempo, o no podría responder de sus actos.

Suzie todavía sonreía cuando se metió en la cama. Había olvidado cuánto se divertía con Mack. No solo había sido el espectáculo. Había sido estar allí con Mack, disfrutarlo con él.

Siempre lo habían pasado bien juntos, aunque nunca hubieran podido ir a un teatro. Ninguno de los dos había podido permitírselo hasta entonces.

Frunció el ceño ligeramente mientras se deslizaba entre las sábanas. Aquella noche, habían ocupado las mejores butacas del teatro. Las entradas debían de haberle costado a Mack un ojo de la cara.

¿Cómo era posible que Mack, un recién llegado en Melbourne, hubiera conseguido las mejores butacas? ¿A quién conocía con la influencia necesaria para asegurarle un trato preferencial?

«Oh, Mack, no conocerás a ningún pez gordo del juego, ¿verdad? A algún hombre poderoso y rico dispuesto a hacer favores a sus clientes habituales». Enterró la cara en la almohada.

Debía aprender a confiar en él. Seguramente, habría conseguido aquellas butacas por pura suerte. Una cancelación de último minuto, tal vez. Mack siempre había sabido aprovechar las oportunidades que se presentaban y sacar partido de ellas. Había tenido que hacerlo, cuando no tenía trabajo.

Pero, aún así, las entradas le habrían costado una

fortuna. ¿Podía haber ganado tanto dinero con aquel editor *web*? «Me va bien», era todo lo que le decía. No decía que tenía un éxito brillante, sino solo que «le iba bien».

Quizás hubiera gastado su último centavo en aquellas entradas, para demostrarle a Suzie que realmente le iba bien. Para el día siguiente le había propuesto un simple almuerzo en el parque. Eso no costaba mucho. ¿Sería por eso por lo que se lo había propuesto?

Si Mack supiera que no hacía falta que intentara impresionarla, ni que gastara dinero en ella... Solo tenía que convencerla de que siempre estaría cerca de ella cuando lo necesitara.

Mack se reunió con ella en el hospital justo antes de las once. Entró en la unidad de cuidados intensivos en vaqueros y con una camisa gris con el cuello abierto. Tenía el pelo más despeinado de lo normal, ya fuera por el viento o porque se lo había desordenado él mismo con los dedos. Llevaba en la mano una voluminosa bolsa de plástico.

–Nuestro almuerzo –dijo, mirándola fijamente–. Lo de anoche te sentó bien, Suzie. Pareces mucho más relajada y todavía tienes ese brillo en la mirada –su mirada se deslizó hacia abajo–. Bonita camisa –comentó–, aunque solo era una camisola de algodón de color azul, adecuada para una picnic en un tibio día de septiembre.

Luego, Mack miró sus rizos despeinados como si quisiera desordenárselos aún más. Suzie sintió que se ponía colorada y que se le aceleraba el corazón. Mack siempre le elevaba el ánimo. Con él, nunca tenía que fingir que era otra persona.

–¿Qué tal está Katy? –le preguntó, acercándose a la cama.

–Se está portando muy bien. Lleva toda la mañana moviéndose. Todo el mundo está encantado con ella. Acabo de tumbarla. Creo que está muy cansada.

–Ya se ha dormido –los ojos de Mack se suavizaron al mirar a su hija–. No la molestaré –se irguió–. Así que, ¿tú crees que dormirá un par de horas? –sus ojos adquirieron un matiz distinto al volverse para mirar a Suzie.

Ella sintió una oleada de excitación, como si fueran a hacer novillos en el colegio.

–No me extrañaría que durmiera por los menos dos horas y media.

–Entonces, vámonos. Hace un día perfecto para un picnic.

Encontraron un sitio a la sombra de unos eucaliptos. Mack abrió la bolsa de plástico y sacó unos paquetes de sándwiches y unos trozos de tarta.

–También he traído unos refrescos. Pensé que era mejor no beber alcohol. Las enfermeras no lo aprobarían.

Suzie esbozó una sonrisa vacilante. Mack parecía decidido a demostrarle que era una padre responsable... y un marido responsable. Ella quería creerlo, pero todavía recordaba que su padre había tratado siempre de esconder sus vicios, al principio... hasta que había tocado fondo y había arruinado su vida, arrastrando a su hija a su infierno privado.

Aquel recuerdo ensombreció lo que podían haber sido un par de horas muy agradables.

A la noche siguiente, después de una cena rápida en un restaurante italiano, Mack la llevó al cine a ver una ligera comedia romántica de las que a ella le gustaban. Suzie sabía que él prefería las películas de acción, pero si se aburrió, no lo dejó traslucir. Como la noche anterior, en el teatro, pareció disfrutar viéndola disfrutar a ella.

Suzie dejó escapar un suspiro. La amabilidad de Mack, su cercanía, y el interés infinito que mostraba en todo lo que tenía que ver con Katy estaban volviéndose peligrosamente seductores.

Suzie deseaba volver a estar en sus brazos. Deseba entregarse completamente a él, como aquella primera vez. Pero, aquella vez, ella se había encontrado emocionalmente débil y había perdido el control. Y no quería volver a perderlo, por el bien de Katy. Quería estar muy segura de lo que hacía y de dónde se metía.

–¿Qué te parece si vamos a Southbank mañana por la noche, después de cenar? –le sugirió ella un par de noches después, cuando Mack la llevaba a casa después de pasar un rato en un pub de las afueras famoso por su sensacional banda de jazz–. Sería agradable dar un paseo por la orilla del río –continuó despreocupadamente–, y ver las luces del casino reflejadas en el agua. Nunca he estado allí de noche.

–Claro, ¿por qué no? –la mirada de Mack ni siquiera vaciló ante la mención del casino, aunque tal vez Suzie no lo había visto en la oscuridad–. ¿Por qué no cenamos allí? Hay muchos restaurantes buenos en Southbank.

Ella sacudió la cabeza.

–Prometí cenar en el hospital con algunas de las enfermeras. ¿Te das cuenta de que a Katy le darán el alta en un par de días? –los ojos de Suzie brillaron al pensar en tener a su hija de nuevo en casa.

Mack la agarró un instante la mano y se la apretó.

–Sí, es fantástico, ¿verdad? Va a volver a casa fuerte y sana. Somos unos padres muy afortunados. Una familia muy afortunada... –añadió con toda intención, mirándola fijamente.

Suzie tragó saliva. ¿Mack pensaba en todos ellos como en una familia? Se quedó tan impresionada que no pudo contestar. ¡Ojalá! Ojalá los sueños y los cuentos de hadas se hicieran realidad.

–Y tú también pareces más fuerte y más sana, Suzie. Salir y reírte un poco te ha sentado estupendamente.

Ella asintió, sabiendo que Mack tenía razón. Y tenía que agradecérselo a él.

Cuando él se acercó, no retiró la cara. Se dejó besar, larga y lentamente, confiando en que aquello disipara la tensión que había ido creciendo entre los dos en los días previos.

Pero no le dejó ir más allá del beso, aunque le costó un gran esfuerzo de voluntad retirarse de sus brazos y pedirle que se marchara. Por fortuna, estaban en el coche, y no en el piso. Porque no habría podido resistirse si hubiera estado entre las acogedoras paredes de su casa.

Sin embargo, aquel beso, en lugar de disipar la tensión, solo consiguió que Suzie lo deseara aún más.

Podía sentir la red de seda estrechándose a su alrededor, cubriendo su corazón y su alma. Y ya no estaba segura de que aquello estuviera mal. Ella quería a Mack. Siempre lo había querido, y ahora tenía una poderosa razón para mantenerlo en su vida. Su hija ya lo reconocía y parecía encantada con sus visitas. ¿Cómo iba a impedirle a Mack que la viera siempre que quisiera? Y, por otra parte, ¿quería hacerlo?

Se estremeció al entrar en su solitario apartamento. Quizá la noche siguiente le trajera las respuestas que necesitaba.

Diablos, ¿sabía acaso Suzie lo que le estaba haciendo? Mack estaba tan excitado que apenas podía conducir. Estar con ella esa noche había sido una auténtica tortura. Una tortura deliciosa. Pero no podía echarlo todo a perder por hacer una tontería. Le había prometido darle tiempo y no presionarla, al menos mientras Katy siguiera en el hospital.

Ya no tendría que esperar mucho más... solo un par de días...

Pero había un límite para lo que un hombre podía soportar.

Se detuvieron en el puente, contemplando el río Yarra a su paso por Southbank, mirando hacia el antiguo Puente de los Príncipes.

–Nunca me había dado cuenta de lo bonito que es Melbourne –suspiró Suzie, observando los edificios victorianos tenuemente iluminados que flanqueaban el río y se reflejaban en el agua–. Es imposible que París sea más bonito que esto.

Mack le pasó un brazo alrededor de los hombros. Ella no se apartó. Su contacto le parecía protector y, al mismo tiempo, deliciosamente sensual.

–Tendremos que ir a París y comprobarlo... Katy, tú y yo –Mack se volvió para mirarla, con una mirada desafiante. La desafiaba a negarle un papel en la vida de Katy. Y en su vida. Ella se quedó sin aliento–. Perdona. ¿Crees que te estoy presionando?

Ella sintió un nudo en la garganta. Viajar al otro lado del mundo con Mack y Katy sonaba maravilloso. ¿Sería un sueño imposible? Aquel viaje sería muy caro y significaría dejar el trabajo una temporada.

Suzie se encogió de hombros.

–Sí, bueno. Por ahora, tendremos que seguir soñando, ¿no? –otro de los sueños imposibles de Mack–. Vamos a echarle un vistazo al casino –sugirió Suzie, mirando el edificio iluminado de neón, al estilo de Las Vegas. Ya se habían tomado un café en un bar a la orilla del río y habían dado una vuelta por el enorme centro comercial de Southbank.

–Bueno, si tú quieres –Mack pareció sorprendido–. Pensaba que no te interesaba.

–Nunca he entrado en un casino –Suzie observó sus ojos oscuros, pero solo vio un destello de sorpresa.

Entraron en el casino y se encontraron con una oleada de colores, bullicio y humo. Suzie se sintió enferma. Aquel era el mundo que había habitado su padre. El mundo de las mesas de juego, de las máquinas tragaperras y de los jugadores empedernidos. Le dieron ganas de dar la vuelta y salir corriendo, pero se aferró al brazo de Mack y dijo con fingida ligereza:

–Vamos a probar suerte en las máquinas... solo por diversión.

Mack le dirigió una amplia sonrisa.

–Bueno, si te apetece...

–¡Sí! ¿A ti no? –le preguntó alegremente. Quería saber... estar segura...

Él se encogió de hombros.

–Si a ti te hace feliz...

Mack no estaba reaccionando como ella esperaba. Quizás las máquinas fueran un juego de niños para él. Impulsivamente, cambió de idea.

–Ahora que lo pienso, las mesas de juego deben

de ser mucho mas excitantes. ¿A qué podemos jugar? ¿A qué jugaste tú cuando estuviste en Las Vegas?

Él la miró, extrañado.

–No jugué a nada –contestó.

Suzie no pudo leer nada en su expresión.

–Bueno, ¿a qué jugaste cuando ganaste todo ese dinero en el casino de Sidney aquella vez?

Mack entrecerró los ojos. ¿Por qué le recordaba aquella noche de hacía tanto tiempo, la noche en que lo había abandonado? ¿Acaso todavía le dolía aquella ganancia fácil? Bueno, si era así, no iba a caer en la misma trampa. Si ella quería apostar, de acuerdo. Pero él procuraría no hacerlo.

–Creo recordar que fue en la ruleta –dijo–. ¿Quieres probar suerte?

–¿Por qué no? Tú puedes enseñarme cómo se juega. Vamos a cambiar unas fichas.

Suzie se quedó horrorizada al descubrir que la apuesta mínima eran cinco dólares.

–Estoy dispuesta a arriesgar veinte dólares –dijo–. Así tendré cuatro oportunidades.

Mack esbozó una sonrisa maliciosa.

–No llegarás muy lejos con eso. Aquí tienes otros veinte –dijo, y cuando ella abrió la boca para protestar, continuó–. Y no hace falta que me los devuelvas a no ser que ganes una fortuna. Tendrás más oportunidades si divides tus apuestas, en lugar de poner todo tu dinero a un solo número y esperar a que salga. Pero no ganarás tanto.

–¿Así fue como ganaste tú? ¿Poniendo todas tus fichas a un solo número?

Él se encogió de hombros,

–No sigas mi ejemplo, o lo perderás todo –la advirtió–. Yo solo tuve un golpe de suerte. Pon cinco dólares en el rojo o en el negro y veamos qué pasa.

Suzie eligió el negro. Y salió el rojo.

–Cinco dólares perdidos –dijo, contrariada, pensando en lo fácil que era perder dinero en las mesas. Probó con el negro de nuevo y esa vez acertó, aunque las ganancias fueron muy pequeñas.

–¿No vas a acompañarme? –le preguntó a Mack. Seguramente, si era un jugador, estaría deseando hacer unas apuestas.

–Ya te estoy acompañando. Estoy aquí, a tu lado.

–Ah –Suzie decidió arriesgarse un poco más, pensando que tal vez así podría tentar a Mack–. Probaré apostando a una línea de números esta vez.

Lo hizo, y ganó otra vez. Y, luego, otra. Y, después, otra.

A Suzie le entró el pánico.

–Salgamos de aquí –musitó, e intentó salir por entre la multitud que rodeaba la mesa.

–¿No vas a recoger lo que has ganado? –le preguntó Mack–. Vamos, dame tus fichas. Yo iré.

Mack regresó con un puñado de billetes. Suzie tomó uno de veinte dólares y se lo dio.

–Gracias por el préstamo –dijo y, después de guardarse veinte dólares para ella, metió el resto del dinero en una caja para una causa caritativa en la que ni siquiera reparó.

–Qué generosa –dijo Mack.

Ella se encogió de hombros.

–Tan pronto como llegó, se fue. ¿Podemos irnos ahora? –le suplicó, arrepintiéndose de su impulso de ir allí.

–Claro. Vámonos. ¿Te molesta el humo y la gente?

Ella asintió, aunque su pánico nada tenía que ver con el humo ni con la gente. Lo que realmente la había asustado era pensar que, si seguía ganando, podía hacerse una adicta al juego, como su padre. Durante unos pocos segundos, había sentido la excitación que debía sentir un jugador cuando tenía una buena racha.

Y todo por haber intentado tentar a Mack. Pero él ni siquiera había hecho una apuesta, ni había mostrado el más leve interés en jugar. Eso estaba bien, pensó. Si realmente fuera un adicto al juego, habría querido apostar él mismo, sobre todo teniendo en cuenta que ella estaba jugando y lo animaba a hacerlo.

Mientras atravesaban la multitud, Suzie vio a un hombre alto y pelirrojo que los saludaba con la mano frente a ellos. Ella nunca había visto a aquel hombre, así que dedujo que debía de estar saludando a Mack.

–Creo que un amigo tuyo te está haciendo señas –dijo, levantando la vista hacia Mack.

Él hizo una mueca y de pronto tiró de ella, llevándola hacia otra salida.

–Mack, ¿qué pasa? –preguntó ella–. ¿Quién era ese hombre?

–Solo alguien a quien no me apetece ver.

Ella se quedó sin aliento. Un hombre en el casino al que no le apetecía ver. Apretó los puños. Sería otro apostador, se dijo. Un jugador que podía hablar demasiado sobre la secreta afición de Mack al juego. O, peor aún, tal vez fuera alguien a quien le debía dinero.

¿Por qué, si no, se había puesto Mack tan nervioso?

Decepcionada, Suzie le pidió que la llevara a casa. Apenas habló durante el trayecto. Cuando Mack paró el motor frente a su edificio, la tomó del brazo para impedirle que saliera inmediatamente.

–No estás preocupada por ese hombre al que no quise saludar en el casino, ¿no?

Ella se giró lentamente hacia él, con el corazón encogido, pensando en lo que vendría después. ¿Iba a contarle una sarta de mentiras? ¿O iba a confesarle la verdad?

–¿Hay alguna razón por la que no puedas decirme quién es? –le preguntó, incapaz de disimular el temblor de su voz.

Él vaciló y el corazón de Suzie se encogió un poco más.

–Es un pesado –dijo él, encogiéndose de hombros–. Un verdadero aburrimiento. No hubiéramos podido librarnos de él.

Ella se preguntó si debía creerlo. Mack no soportaba fácilmente a los pesados. Si hubiera querido librarse de alguien a quien consideraba aburrido, simplemente habría dado una excusa y se habría marchado.

–Oh, Mack –dijo ella débilmente, preguntándose si alguna vez llegaría a conocer al verdadero Mack Chaney o si podría confiar en él–. Justo cuando empiezo a pensar que te conozco... –sacudió la cabeza–. No creo que llegue a conocerte nunca –dejó escapar un suspiro.

–Suzie, tienes que aprender a confiar en mí –dijo él–. Debes superar el pasado y aprender a confiar en tu instinto –le pasó una mano por el pelo y luego por la mejilla, muy suavemente–. ¿De verdad crees que podría hacer que os hiciera daño a ti o a nuestra hija?

Ella lo miró a los ojos. No, no podía creer que pudiera hacerle daño a Katy. Ni a ella, tampoco. No deliberadamente. Pero su padre tampoco la había hecho daño deliberadamente.

–Suzie, ahora que Katy está bien y va a volver a casa, es hora de que hablemos. Sobre nosotros –dijo Mack.

Ella volvió a sentir el pánico, aunque sabía que ya no podía seguir evitando aquel tema.

–Ahora no –dijo–. Es muy tarde y estoy cansada.Y también estaba emocionalmente agotada. Y se encontraba demasiado vulnerable. Si él la tomaba entre sus brazos, ya no querría hablar. Y debían hacerlo–. Mañana por la noche –le prometió, temblorosa.

¿Pero tendría fuerzas suficientes para conservar la cabeza fría y mantener con él una conversación racional y desapasionada, y no caer en sus brazos, como deseaba?

–¿Qué te parece si vamos a un restaurante? –sugirió Mack, percibiendo su pánico–. A algún sitio tranquilo donde podamos hablar mientras cenamos.

Ella asintió, aliviada. Cenar con otra gente alrededor sería más seguro. Mack no se había invitado a su casa. Ni la había invitado a la suya. Suzie no podía pensar siquiera en estar con él a solas.

Apartó las imágenes eróticas que surgieron en su mente. No. Estar con él a solas sería fatal. Debían verse en un sitio donde tuviera que controlarse, donde pudiera pensar. Y necesitaba pensar muy cuidadosamente, o Mack Chaney podía arrastrarla hacia el desastre.

Solo con una caricia, unos besos o una mirada provocadora, podría convencerla para hacer cualquier cosa.

Capítulo 11

SUZIE SE marchó del hospital unos minutos antes de lo normal para ducharse y cambiarse antes de que Mack la recogiera a las siete y media. Necesitaba reunir fuerzas para la noche que la esperaba.

La sorprendió encontrar a Priscilla todavía en la boutique.

–Ah, Suzie, estaba recogiendo ya para irme a casa. ¿Cómo está Katy? ¿Le dan por fin el alta mañana?

–¡Sí! –exclamó Suzie, y se lanzó a darle detalles. El alivio que sentía era evidente en cada una de sus palabras.

–Es fantástico que se haya recuperado tan bien –dijo Priscilla cálidamente–. ¿Y... tu amigo Mack? –le preguntó, titubeando.

Suzie apenas lo había mencionado durante los días previos, en sus idas y venidas del hospital a la boutique.

–Priscilla... no tengo ganas de hablar de Mack... todavía no. Hay muchas cosas que tenemos que solucionar, y aún no sé lo que va a pasar.

–Bueno, espero que las cosas salgan como tú quieres, Suzie. Hablando de Mack Chaney, ¿sabes si tiene un hermano llamado Stephen? ¿O un primo?

Suzie frunció los labios.

–Tiene una hermana que vive en Nueva Zelanda, pero no tiene hermanos. Primos, no sé.

–Bueno, entonces tal vez Stephen Chaney sea su primo. Chaney no es un apellido muy corriente, así que es posible que sean parientes. Vi el coche que conducía Mack una noche que vino a buscarte –los ojos de Priscilla relucieron–. Tal vez su primo Stephen le haya hecho un regalo.

¿Un regalo? A Suzie se le encogió el corazón. ¿Significaba eso que Mack no había ganado el dinero con el que se había comprado el coche por sí mismo? Aunque eso también significaría que no lo habría ganado en el casino, jugando.

–¿De qué estás hablando, Priscilla? –preguntó–. ¿Por qué ese tal Stephen Chaney debería regalarle nada a Mack? ¿Es que le ha tocado la lotería o algo así?

–No, no le ha tocado la lotería. Ha conseguido su fortuna por su propio genio, y en un tiempo sorprendentemente corto, según dicen en el periódico. En menos de dos años, se ha convertido en multimillonario –Priscilla buscó entre un montón de papeles y sacó unas hojas de periódicos dobladas–. Guardé el artículo para enseñártelo. Stephen Chaney es el fundador de un nueva empresa australiana llamada Digger Software que, al parecer, se ha convertido en una auténtica mina de oro.

–¿Una empresa de informática? –preguntó Suzie, asombrada. Los genios de la informática debían de abundar en la familia Chaney. Si es que Stephen y Mack eran parientes.

–Eso es. Es una compañía pequeña, pero está creciendo muy rápidamente. Stephen Chaney tiene más de treinta personas trabajando para él. Su compañía produce herramientas para Internet.

Suzie se encogió de hombros.

–Nunca había oído hablar de ella. No suelo leer la sección de economía. Ni la de informática.

–Yo tampoco, pero este artículo estaba en la sección de nacional. Y el titular: «Genio de la informática se convierte en multimillonario a los veintinueve años», me llamó la atención.

¿Veintinueve? ¿Genio de la informática? A Suzie le dio un vuelco el corazón. Mack tenía veintinueve años. Y era un genio de la informática. O, al menos, siempre se le ocurrían nuevas ideas para aplicar a su ordenador. Ninguna de ellas se había concretado hasta su última invención, el editor *web* que estaba vendiendo por Internet. Pero eso solo era un paquete de *software*. Y Digger Software era una empresa con más de treinta empleados.

Y, además, Mack había ido al hospital todos los días desde hacía dos semanas. Y eso no parecía compatible con dirigir una empresa de éxito.

–Al parecer, todo empezó con una idea muy sencilla –continuó Priscilla–. Chaney creó un producto para Internet llamado Cobber, que tuvo un gran éxito y que ahora se utiliza en todo el mundo. Es el principal producto de Digger Software.

–¿Viene una fotografía de Stephen Chaney? –preguntó Suzie, con voz algo temblorosa. «Ojalá», pensó... Ojalá...

Pero era imposible. Mack no se llamaba Stephen. «Mis padres me llamaron Mack por mi madre, Katherine Mack», le había dicho él una vez.

Y, además, Mack se lo habría contado, si tuviera una empresa con más de treinta empleados y se hubiera convertido en multimillonario de la noche a la mañana. Se habría subido a un tejado y lo habría gritado a los cuatro vientos para que todo el que quisiera escucharlo se enterara de que por fin había dado el campanazo, como el solía decir.

Sin embargo, era agradable soñar. Si Stephen Chaney se había hecho millonario en un par de años, tal vez Mack también pudiera hacerlo, con el tiempo. Todavía no había cumplido los treinta. ¿Cuántos hombres se hacían millonario, o siquiera moderadamente ricos, antes de esa edad?

–¿Una foto? –Priscilla meneó la cabeza–. No, de Stephen Chaney, no. Hay una de su jefe de prensa, un tipo que trabaja en el departamento de relaciones públicas de la empresa. Mira, aquí está –Priscilla le enseñó la hoja de periódico–. Puedes enseñársela a Mack y preguntarle. Si es que piensas volver a verlo, claro –añadió cándidamente.

Suzie esbozó una tenue sonrisa.

–Va a llevarme a cenar esta noche –admitió, y suspiró, sintiendo que le volvía la tensión que trataba de disipar–. Nosotros... hmm... tenemos que hablar.

–¿Solo vais a hablar? –dijo Priscilla, con un brillo malicioso en la mirada–. Pues debe de resultar muy difícil concentrarse en la conversación, teniendo a un hombre como ese delante, ¿no?

–Priscilla, no empieces –Suzie se levantó, con la hoja de periódico en la mano–. Será mejor que me vaya y me arregle. Estoy deseando darme una ducha.

Dio un abrazo a Priscilla y se fue a su apartamento.

Dejó la hoja de periódico doblada sobre el sofá y se fue directamente al cuarto de baño. Podía leer el artículo después. O llevárselo y enseñárselo a Mack durante la cena. Tal vez el éxito de Stephen Chaney le serviría de inspiración.

Siguió pensando en ello cuando se metió en la ducha. Tal vez, pensándolo mejor, sería preferible no enseñarle el artículo, ni mencionárselo. Mack podría pensar que intentaba presionarlo, que quería que se convirtiera en multimillonario como el otro Chaney, o que apuntara a alturas inalcanzables para él.

Pero eso no era lo que ella quería. Solo quería que Mack tuviera un trabajo sólido y satisfactorio y un futuro asegurado. Si Mack nunca se hacía rico ni tenía éxito, no le importaba. La riqueza y el poder podían ser muy destructivos. Ahí estaba Tristan Guthrie, que pensaba que podía infringir la ley y salir indemne solo porque era rico y poderoso.

Se preguntó cuál sería la reacción de Mack si le mostraba el artículo. ¿Embarazo o incluso vergüenza, por su propia falta de éxito? ¿Celos del repentino éxito de Stephen Chaney? ¿Indignación, ira incluso, porque Suzie lo comparara con hombres que tenían más éxito que él?

No. No podía herirlo de esa manera.

Habiendo llegado a esa decisión, cerró la ducha, se secó y se quedó un momento parada, pensando qué se pondría. Se decidió por unos pantalones anchos de color negro y un jersey azul pálido con un discreto escote. Se puso un poco de maquillaje, se pintó los labios de rosa y se cepilló el pelo, dejando a su aire su espesa mata de rizos. No quería excederse y que aquello pareciera una cita. Su encuentro era simplemente una oportunidad para hablar.

¿Solo para hablar? Suzie dejó escapar un suspiro. Aquel encuentro estaba sembrado de peligros, incertidumbres y excitación.

El portero automático sonó a las siete y media en punto. Suzie sintió una punzada de ansiedad.

–¿Mack?

–¿Es que esperas a alguien más?

–No, Mack –suspiró ella. No quería ver a nadie más. No le hacía falta la «charla» de esa noche para saberlo.

Agarró su bolso y bajó las escaleras tan deprisa que estuvo a punto de caerse. Cuando abrió la puerta del portal, allí estaba Mack, con su chaqueta de cuero negro y sus hermosos ojos negros.

Sus miradas se encontraron y la tierra pareció temblar. Suzie se quedó sin habla. Parecía que no podía respirar.

Mack fue el primero en hablar, con voz ronca que traicionaba su emoción.

–¿Por qué no nos quedamos aquí, Suzie, y pedimos una pizza? Es difícil mantener una conversación seria en un restaurante. Aquí nos distraeremos menos.

Suzie sintió una punzada de aprensión. Quedarse en el piso a solas con Mack era precisamente lo que había tratado de evitar. Desvió la mirada de los penetrantes ojos masculinos y sintió que su resolución se debilitaba. Lo que él decía tenía sentido. Podrían hablar con más tranquilidad en el piso, siempre y cuando consiguieran concentrarse en el tema que tenían que tratar.

Lo que Suzie debía hacer era no darle a Mack la más ligera oportunidad de abrazarla, porque sabía lo que ocurriría si se lo permitía.. Los asuntos prácticos dejarían de tener importancia. Al menos, momentáneamente.

Todavía dudando, se oyó responder con ligereza:

–Bueno, si quieres. Pero el piso está hecho un desastre –y, luego, dándose cuenta de que estaba hablando con Mack, añadió–. En fin, tú te sentirás como en casa.

–Yo siempre me siento como en casa contigo, Suzie.

Ella se sonrojó.

–Bueno, te advierto que tengo la casa llena de cosas de costura y periódicos que aún no he tenido tiempo de leer.

Sintió que se ponía aún más colorada al recordar el artículo que Priscilla le había dado. ¿Dónde lo había puesto? No conseguía recordarlo. Si Mack lo veía y pensaba que lo había dejado a la vista deliberadamente para humillarlo...

Se reprendió para sus adentros. Ahora que sabía que sus sentimientos hacia él eran más fuertes que nunca, a pesar de todas sus dudas, no quería hacer nada que pudiera herirlo.

Además, Mack había cambiado. Ya no era el motero parado y sin expectativas que había sido en el pasado. Su nuevo producto, ese editor *web*, debía de estar funcionando bien, si lo habían invitado a dar una conferencia en Las Vegas. ¡Y tenía un BMW!

Pero, de todas formas, los ingresos de Mack, fueran grandes o pequeños, no eran el problema. Lo que de verdad la preocupaba era lo que él pensaba hacer con el dinero que ganara y lo que la hacía dudar de aceptarlo de nuevo en su vida con los brazos abiertos. ¿Todavía jugaba? ¿Todavía bebía? Nunca había notado que el aliento le oliera a alcohol en sus visitas al hospital, ¿pero cómo podía saber si había estado jugando en secreto?

Su padre siempre había conseguido esconder su vicio secreto a todo el mundo, con la ayuda de su laboriosa madre, que siempre lo encubría y lo sacaba de un lío tras otro.

Suzie se estremeció. ¿Podría ella, por mucho que amara a Mack, ignorar la historia de su familia y arriesgarse a un destino como el de su madre?

Capítulo 12

EN EL momento en que entraron en su piso, Suzie comenzó a retirar periódicos, trozos de tela y prendas a medio terminar, pensando que, si mantenía las manos ocupadas, podría calmar sus desquiciados nervios.

–Por mí no te molestes –dijo Mack–. Estoy acostumbrado al desorden, ¿recucrdas?

Oh, sí, claro que lo recordaba. Lo recordaba todo: lo bueno y lo malo. Ese, en parte, era el problema.

–¿Echas de menos tu antigua casa, Mack? –le preguntó. Por muy destartalada y ruinosa que estuviera, debía de traerle muchos recuerdos. Ella misma sentía nostalgia de aquella casa. Allí había visto a Mack por primera vez, y allí habían hecho el amor y habían concebido a Katy...

Él se encogió de hombros. Solo había echado de menos a Suzie. La había echado muchísimo de menos.

–La casa estaba casi en ruinas. No la echo mucho de menos. He descubierto que es mucho más agradable vivir aquí, en Melbourne, en un piso moderno y que no esté desordenado.

Ella pareció sorprendida.

–¿Te gusta vivir sin desorden? ¡Me gustaría verlo!

–Puedes verlo cuando quieras, Suzie. Pero solo es un apartamento alquilado. Espero poder comprarme una casa muy pronto. Un verdadero hogar. Pero eso depende de ti –clavó la mirada en ella un instante.

Aquellas palabras dieron vueltas en la cabeza de Suzie. ¿Mack quería sentar la cabeza? ¿Con ella? ¿Y con Katy?

–Mack... –empezó a decir, y se interrumpió, preguntándose cómo podía explicarle todas las dudas e incertidumbres que todavía albergaba.

–Suzie, deja de dar vueltas y siéntate –Mack ya se había sentado en el sofá y daba golpecitos en el cojín a su lado–. Tenemos mucho de que hablar y quiero que me prestes toda tu atención.

Ella miró su fuerte mano morena sobre el cojín y comprendió que, si se sentaba a su lado, si dejaba que la tocara o que siquiera la rozara, estaría perdida y diría que sí a cualquier cosa que él le propusiera.

Colocó una silla delante de él. Sus penetrantes ojos negros, que la devoraron cuando se sentó, eran tan potentes como su cuerpo, pero, al menos, así habría un espacio entre los dos.

–Suzie, sé por qué no te fías de mí. Tienes miedo –Mack fue directo al grano–. Lo pasaste muy mal con tu padre y me comparas con él.

Ella no lo negó. Tenía miedo de confiar en Mack, al menos su cabeza lo tenía. Pero su corazón siempre había confiado en él y siempre lo haría.

–Tu madre se equivoca respecto a mí, ¿sabes? Yo no soy como tu padre –dijo él llanamente–. De acuerdo, era un poco alocado en el pasado... Me gustaba montar en mi Harley y a veces bebía más de la cuenta y jugaba. Pero he cambiado. Cambié cuando te conocí, Suzie. Esos días han pasado. Todavía me tomo una cerveza con un amigo o una copa de vino en la cena, pero nunca bebo en exceso –continuó–. Y nunca bebo cuando conduzco. Ni siquiera en mis tiempos más salvajes conducía la moto si había bebido. ¿Alguna vez me has visto borracho? –le preguntó.

Ella vaciló, recordando la noche que había llegado a casa desde el casino oliendo a whisky y blandiendo aquel dinero.

Suzie habló con mucho cuidado, sabiendo por propia experiencia lo sensibles y evasivos que podían ser los jugadores y los alcohólicos.

–Aquella noche, cuando ganaste en el casino, Mack... –un destello de su antiguo desdén apareció en su mirada–. Debiste pasarte toda la noche bebiendo y jugando.

Mack la miró fijamente.

–¿Eso es lo que te ha estado preocupando? ¿Por eso me has estado advirtiendo que no me gastara el dinero apostando? –frunció el ceño–. ¿Tu padre jugaba, Suzie?

Ella se estremeció y asintió tímidamente. Todavía se sentía desleal al admitirlo. Desleal a su madre y también a la memoria de su padre.

–Mi madre siempre intentó reforzar la autoestima de mi padre ocultando su afición al juego... y sus otros problemas. No... no era un mal hombre, Mack –le aseguró–. Pero se sentía terriblemente frustrado y deprimido porque sus cuadros no eran apreciados. Tenía un estilo muy particular que a la mayoría de la gente no le gustaba. Cuando vendía algo, se... se gastaba el dinero jugando, intentando ganar... Por nosotras, decía. A veces ganaba, pero casi siempre lo perdía todo y se endeudaba aún más. Al final, se volvió tan adicto que perdió completamente el control.

–¿Y tú pensabas que, después de aquel golpe de suerte en el casino, yo me convertiría en un vicioso como tu padre?

Ella reaccionó al ver el brillo de incredulidad que había en los ojos de Mack.

–¿Y por qué no? –murmuró–. ¿No me dirás que nunca has vuelto a jugar desde entonces?

–Nunca –dijo él, sin vacilar–. Jamás he vuelto a sentir deseos de jugar.

Ella lo miró, vacilante. ¡Deseaba tanto creerlo!

–Mi padre también solía negarlo. Eso forma parte de la adicción. Negar que eres un ludópata.

–Yo no lo soy, Suzie. El juego me deja frío. Puedes preguntárselo a quien quieras.

–Pero no puedes negarme que aquella noche fuiste al casino a jugar –dijo ella–. Si jugar te deja frío, ¿qué hacías allí? Y no me negarás que estabas encantado con tus ganancias, ni que habías bebido unas cuantas copas de más. Yo nunca te había visto tan alegre –su boca se curvó, desdeñosa–. El borracho feliz. Igual que mi padre antes de caer en una de sus depresiones.

Mack dejó escapar un suspiro.

–Déjame que te explique lo de esa noche, Suzie. En esa época, yo estaba haciendo algunos trabajos informáticos por mi cuenta, después de dejar mi empleo en aquella empresa de ordenadores. El casino me invitó una noche para que hiciera un trabajo en su sistema informático. Tenían un serio problema y sus empleados habían sido incapaces de resolverlo. Yo lo solucioné y se mostraron tan agradecidos que me dieron un generoso abono, además de un cheque por mi trabajo. El abono era para las máquinas tragaperras.

–Podías haberlo cambiado por dinero.

–Sí, claro. Pero ya me habían dado un cheque bastante generoso. Así que, decidí probar suerte. Si perdía, todavía tendría el cheque. De acuerdo –admitió–, me comporté como un estúpido. Ellos insistieron en invitarme a unas copas y me tomé un par de whiskys. Y, como estoy más acostumbrado a la cerveza que a los licores, me puse contento. Pero no estaba borracho. En cuanto conseguí ese premio importante, lo dejé.

–Y te fuiste directamente a mi casa –dijo Suzie, inquieta–, fanfarroneando de la suerte que habías tenido y apestado a whisky.

Mack suspiró y esbozó una media sonrisa.

–Pensaba que te alegrarías por mí, Suzie. Porque hubiera ganado algo de dinero, para variar. Pero tú te comportaste como si hubiera robado un banco y me dijiste que no querías volver a verme nunca más. Yo pensé que creías que intentaba comprar tu amor enseñándote todos aquellos billetes. Y entonces comprendí que no tenía nada que ofrecerte. No tenía trabajo fijo, ni ingresos regulares, ni ninguna perspectiva de futuro.

–Oh, Mack... Fue el juego, más que tu falta de perspectivas –admitió–... Aunque admito que mi madre...

–Siempre te había advertido que no te casaras solo por amor –acabó Mack por ella, con tono seco–. Y yo solo podía ofrecerte amor.

–Oh, Mack, tú tenías mucho más que ofrecer –exclamó ella–, aunque yo entonces no lo viera. Tenía miedo de que fueras como mi padre y que cayeras en la desesperación porque tus ideas no llegaran a nada y no consiguieras triunfar en la vida, y que acabaras convirtiéndote en un alcohólico y en un jugador, para escapar. Pensé que... que la historia se repetiría otra vez –Suzie apenas fue consciente de que se levantaba de la silla, se sentaba en el sofá junto a él y lo tomaba de la mano–. Pero tú no eres como mi padre. Ahora lo comprendo.

–No, no lo soy –él le sostuvo la mirada–. Yo no soy un jugador, Suzie. No me jugué el dinero que gané en la ruleta aquella noche, ni el cheque. Lo invertí, y viví de ello mientras trabajaba en mi editor *web*. Y tampoco bebo en exceso –repitió.

Ella se mordió el labio.

–Pero... pero tenías una botella de whisky abierta en casa la última noche que estuve allí, y te bebiste todo un vaso de un solo trago.

–Había muy poco whisky en ese vaso, Suzie –él no parecía inquieto, sino divertido. Y, desde luego, no se había puesto a la defensiva, como siempre hacía su padre–. Y, además, hacía años que tenía esa botella –añadió Mack con ligereza–. La tenía por si venían invitados. O mujeres en apuros –hizo una pausa y continuó–. Yo no soy como tu padre, Suzie –inclinó la cabeza hacia ella–. La historia no va a repetirse, porque tú padre y yo somos dos hombres completamente distintos. Yo no voy a acabar como él, y si tú y yo decidimos estar juntos, no tendrás la clase de vida que tuviste con él, te lo prometo. ¿Me crees?

–Sí –dijo ella sin vacilar, sintiéndose avergonzada por haber dudado de él. Instintivamente, sabía que todo lo que Mack le acaba de decir era cierto. La venda había caído de sus ojos. La venda que su madre le había puesto. Sintió que veía a Mack por primera vez tal y como era, y no a través de las imágenes distorsionadas de su padre o de la cara de advertencia de su madre.

Suzie sonrió.

–¿Cómo ibas a ser tú como mi padre –bromeó–, si has vendido tu Harley? Mi padre no pensó en deshacerse de su querida moto ni en lo peores momentos, cuando estábamos hasta el cuello de deudas. ¿Por qué la vendiste tú? –le preguntó, con curiosidad–. Podías haberte comprado un coche más barato que el BMW y haber conservado la moto.

–¿Es que no te gusta mi coche?

–Claro que me gusta. Pero hay coches más baratos que también son buenos. Y así no tendrías que haber vendido la moto.

–No quería conservarla. Pensé que siempre te recordaría a tu padre, Suzie. A cómo había muerto... –mientras ella lo miraba con los ojos llenos de lágrimas, no por la muerte trágica de su padre, sino por el gesto de Mack al haber sacrificado su preciada moto por ella, él sonrió–. Y, en cuanto al BMW, pensaba en ti cuando me lo compré. En el coche que te gustaría tener. Un coche fiable. Un coche grande y confortable, en el que cupiera una familia entera.

A ella le dio un vuelco el corazón. ¿Una familia? ¿Es que ya entonces había pensando en formar una familia con ella? En aquellos momentos, ni siquiera sabía que Katy existía.

–Estaba decidido a recuperarte, Suzie. Sabía que no podías casarte con nadie más, porque todavía estabas casada conmigo y no me habías pedido el divorcio. Pero, cuando te vi con Katy y me dijiste que había otro hombre... –en sus ojos apareció un destello. Respiró hondo–. ¿Me quieres, Suzie? –le preguntó, y un músculo se tensó en su mandíbula.

Ella asintió.

–Sí, Mack... Siempre te querré. El amor nunca ha sido el problema –admitió.

–Ah, no... –durante un instante, él volvió a mirarla con sorna–. «Nunca te cases por amor», solía decir tu madre. ¿Pero qué piensas ahora? –murmuró con voz aterciopelada–. ¿Ahora que sabes que no soy un borracho ni un jugador ni un motero vago y sin futuro? ¿Estás preparada para ser mi mujer ahora, Suzie? ¿Para siempre? ¿O todavía buscas un hombre tan rico y socialmente tan impecable como Tristan Guthrie?

–Nunca podría querer a un hombre como Tristan

Guthrie –dijo ella con vehemencia y, con mano temblorosa, lo agarró del brazo.

De pronto, deseó tocar otra partes de su cuerpo: su cara dura y de rasgos fuertes, su pecho musculoso, su tripa, su... Alejó aquellos pensamientos antes de sentir la tentación de ponerlos en práctica. ¡Tenía que estar segura de Mack antes de nada!

–Y, no, Mack –continuó–. No busco a un hombre con montones de dinero, el aspecto de una estrella de cine y rancio abolengo. Solo quiero un hombre que me quiera tanto como yo a él –respiró hondo–. Y que quiera a mi hija igual que yo. Alguien a quien cuyos conocimientos de informática le permitan vivir razonablemente, respetándose a sí mismo y con tranquilidad, aunque siempre contará con mi ayuda. Porque a mí me gustaría seguir con mi trabajo, diseñando vestidos de novia –Suzie lo miró con los ojos llenos de ternura–. Eso, Mack, es lo único que quiero. A ti y a Katy. Si tú quieres –inclinó la cabeza hacia él, mirándolo con ojos suplicantes–. ¿De veras quieres sentar la cabeza y convertirte en un padre de familia?

–¿Todavía lo dudas? –suspiró Mack, pero sus ojos sonreían con ternura–. Bueno, supongo que no puedo culparte por ello. En realidad, no he sido totalmente sincero contigo. Oh, Dios, no me mires así –le rogó, estrechándola en sus brazos–. No es nada malo. Al menos, creo que no lo es.

Ella alzó la cara hacia él, tratando de calmar a su acelerado corazón, preguntándose qué iba a decirle. Pero algo en la mirada de Mack la tranquilizó.

–Sé que no será nada malo, Mack –susurró–. Confío en ti. Sea lo que sea.

Él le acarició la mejilla suavemente.

–Una vez me dijiste que querías un hombre en el

que pudieras apoyarte –le recordó–. Entonces pensé que te referías a un hombre en el que pudieras apoyarte económicamente. Pero eso no era lo que querías decir, ¿verdad?

–No –ella le agarró de la mano–. Me refería a una vida estable, segura y feliz. Y todavía la quiero. Sobre todo ahora, que tengo una hija. Pero yo nunca he querido estar en posición de apoyarme económicamente en un hombre. Siempre he querido ser independiente y tener una carrera.

Pero Mack no parecía estar escuchándola. Se giró, buscó con la mano libre entre dos cojines del sillón y extrajo un pedazo de papel de periódico–. Al sentarme, he encontrado esto. Es un artículo del periódico de hoy. ¿Lo has leído?

–Aún no –admitió ella, y le dio un vuelco el corazón–. Priscilla me lo dio justo antes de que vinieras a recogerme y todavía no he tenido tiempo de leerlo. Pero Priscilla me ha dicho que es un artículo sobre Stephen Chaney, si te refieres a eso. ¿Es un primo tuyo, Mack? –sus ojos brillaron cuando, de pronto, se le ocurrió una idea–. ¿Trabajas para él? ¿Es eso lo que no me has contado? Aunque no sé por qué ibas a mantenerlo en secreto...

Mack esbozó una media sonrisa.

–Si hubiera sabido lo que sé ahora... Si hubiera sabido lo que de verdad deseabas... habría sido más sincero contigo, Suzie. Incluso habría aceptado que incluyeran una fotografía mía en este artículo, como querían hacer.

Suzie se puso rígida.

–¿Una fotografía tuya? –lentamente, empezó a comprender–. ¿Estás diciendo que... que tú eres Stephen Chaney?

–Me temo que sí.

Ella lo miró fijamente, atónica, intentando asumir aquella sorprendente revelación.

–¿Y decidiste adoptar el nombre de Stephen Chaney –dijo lentamente, con voz trémula– porque no querías que supiera que te habías hecho millonario? Deberías haberte cambiado también el apellido, Mack –añadió, temblorosa–. Chaney no es un apellido corriente. Priscilla y yo pensamos que debía de ser un primo tuyo. Incluso me pregunté durante un instante si Stephen Chaney serías tú.

–¿Solo durante un instante? –preguntó Mack suavemente–. Y, claro, descartaste la idea.

–Bueno, sí. No pensé que podías haberte hecho tan rico en tan poco tiempo sin decírmelo. O que estabas usando un nombre falso.

–No es un nombre falso. Mi nombre completo es Stephen Mack Chaney. Me pusieron Stephen por mi padre y Mack por mi madre. Pero mi madre dejó de llamarme Stephen cuando mi padre nos abandonó, y he sido Mack desde entonces. Cuando descubrí la verdad sobre mi padre, me sentí en la obligación de volver a llamarme Stephen. Al menos, en el trabajo. Y me alegro de haberlo hecho.

–Y no quisiste que te hicieran fotografías para que yo no lo descubriera –susurró Suzie–. Mack, ¿por qué era tan importante para ti que yo no me enterara de tu éxito? Yo pensaba que sería la primera a quien querrías contárselo...

–Oh, y quería. Sobre todo, porque lo había hecho por ti –le agarró una mano y se la llevó a los labios–. Quería demostrarte que no era un irresponsable y un vago, como tu madre creía. Que podía hacer algo con mi vida. Pero, cuando llegaron el éxito y el dinero, temí decírtelo cuando por fin te encontrara. Temí que, si lo hacía, pensaras que quería recuperarte con el dinero, como aquella noche, cuando fui a verte con lo que había ganado en el casino. Antes de contarte lo de Digger Software, quería saber si podía recuperarte sin usar mi dinero ni mi repentino éxito para seducirte.

Suzie se estremeció.

–Supongo que es culpa mía que pensaras que soy tan mezquina que podía venderme.

–No. No, Suzie, yo no pensaba eso. Al contrario. Era de mí de quien no estaba seguro. Quería saber si podías quererme por mí mismo, por el Mack Chaney de siempre, y no por el millonario llamado Stephen Chaney. Pero también quería que supieras que había conseguido algo en la vida. Por eso te enseñé mi coche y te hablé del éxito de mi nuevo editor *web*. Se llama Cobber, por cierto.

–Creo que será mejor que lea ese artículo –dijo Suzie, temblorosa, y se lo quitó de las manos. Se quedó en silencio un par de minutos–. ¡Dios mío, Mack. Aquí dice que Cobber es la herramienta de Internet más popular en todo el mundo! Y que tu compañía, Digger Software, fue fundada en Sidney hace un año, aunque recientemente has establecido una sede en Melbourne. ¿Hace un año?

–Fundé la compañía unos meses después de que tú te marcharas, Suzie, la última vez –sonrió tristemente al pensar que aquella no había sido la primera vez que lo había abandonado–. Ya había creado Cobber unos meses antes de eso, y el programa se vendía tan bien que decidí fundar una empresa y desarrollar nuevos productos.

¿Unos meses después de que ella se marchara? ¿Y ya entonces había creado aquel programa? Suzie sintió una punzada de vergüenza y culpabilidad. ¡Y ella lo había acusado de no hacer más que jugar a estúpidos jueguecitos y construir castillos en el aire...!

–Oh, Mack, lo siento, no lo sabía –lo agarró de la mano–. ¿Por qué no me lo dijiste la noche que...? –se sonrojó al recordar aquella apasionada noche.

Mack esbozó una sonrisa irónica.

–Te di una pista. Te dije que tenías poca fe. Pero todavía no quería contártelo –admitió–. Primero quería asegurarme de que Cobber iba a continuar teniendo éxito. Y quería fundar mi propia empresa y expandir el negocio. Luego, cuando me asegurara de que la empresa era sólida y tenía futuro, pensaba buscarte y hacerte tragar tus palabras. «Castillos en el aire», solías decir –dijo, burlón.

–Bueno, pues me he tragado una buena ración de humildad –dijo Suzie alegremente. Pero arrugó el ceño al pensar en otro cosa–. Ese hombre al que vimos en el casino la otra noche –tenía miedo de preguntarle–, la razón por la que no quisiste saludarlo no fue porque fuera aburrido, ¿verdad?, sino porque te conocía como Stephen Chaney.

–Sí –contestó Mack–. En realidad, trabaja para mí. Es verdad que es un pelmazo, pero es un programador estupendo.

–¿Tienes alguna sorpresa más para mí?

–Puede que en el dormitorio, tal vez –Mack la miró con ansia–. ¿He contestado a todas tus preguntas?

Ella asintió.

–Lástima que no me contaras todo esto antes de que aceptara casarme con Tristan Guthrie. Si hubiera sabido que no eras un jugador, ni un borracho, ni un inútil, como decía mi madre, habría plantado a Tristan mucho antes y no habría hecho falta que fueras a rescatarme.

–Confiaba en que lo plantarías antes de eso. Que entraras en razón a tiempo –dijo Mack–. Cuando oí que pensabas casarte con ese fantoche de pelo rubio, fue cuando Cobber empezaba a venderse y parecía prometer... –se interrumpió, tensando la mandíbula, revelando la emoción que debía de haber sentido en aquel momento–. Y luego descubrí que el tipo ya estaba casado –un destello de satisfacción brilló en sus ojos–. Entonces decidí pedir la licencia de matrimonio, confiando en que volverías conmigo cuando supieras la verdad –esbozó una sonrisa–. Pero nunca pensé que aceptarías casarte conmigo en ese mismo momento.

–Puedes darle gracias a Jolie Fashion y a las revistas de moda por eso –dijo ella, sonriendo, y se acercó un poco más a él–. Entonces, ¿te molestó que pensara casarme con Tristan Guthrie? –le pasó un dedo por el brazo y sintió que él se estremecía bajo su contacto.

–Eso es decirlo muy suavemente –gruñó Mack–. No dejaba de preguntarme cómo demonios iba a competir con el niño de oro de Peleterías Guthrie. En ese momento, yo no tenía nada sólido que ofrecerte. Pero no iba a retirarme sin luchar. Decidí investigar a tu prometido. Quería asegurarme de que era digno de ti. Y no lo era, por supuesto.

–No, y te estaré eternamente agradecida, Mack, aunque tardaras tanto en decírmelo –Suzie se estremeció al pensar que podía estar casada con Tristan si Mack no hubiera desvelado su secreto.

Mack la estrechó entre sus brazos, murmurando:

–En cuanto Katy esté recuperada del todo y encontremos una casa para vivir, renovaremos nuestros votos matrimoniales, Suzie.

A ella se le encogió el corazón.

–Bueno, no sé –lo miró, divertida–. Todavía no sé si quiero casarme con un hombre asquerosamente rico.

–¿Ni siquiera por el bien de tu hija? –Mack la besó en la oreja.

–Oh, bueno, yo haría cualquier cosa por mi hija –sintió un escalofrío–. En fin, prácticamente cualquier cosa.

–¿Prácticamente?

–Bueno, no volvería con Tristan Guthrie, por ejemplo. Ni me casaría con un hombre del que no estuviera enamorada hasta los huesos.

–¿Por casualidad no estarás enamorada de mí hasta los huesos?

Ella sonrió.

–Pues sí.

–¿Y volverás a casarte conmigo? ¿Para siempre, esta vez?

–Sí –Suzie le rodeó el cuello con los brazos–. Oh, sí, Mack, casémonos otra vez. ¡Para siempre!

–¿Serás feliz con un hombre que odia los trajes y las corbatas?

–Me encanta el cuero negro. Y el ante marrón, también. Seré feliz contigo, Mack. Seré la mujer más feliz del mundo –se le quebró la voz–. Y Katy también va a ser la niña más feliz del mundo con un padre como tú.

–Katy ya tiene a la mejor madre –dijo Mack, con la voz trémula por la emoción–. Y yo... –la besó ligeramente en el cuello– yo tengo a la mujer que siempre he querido. Vas ser una novia preciosa otra vez, Suzie... vestida con una de tus propias creaciones, naturalmente.

–Naturalmente. Y esta vez –prometió Suzie, abrazándolo fuerte– nada en el mundo impedirá que estemos juntos para siempre.

–¿Nada?

–Nada.

Epílogo

CONFIRMARON sus votos matrimoniales en una ceremonia íntima en el jardín arbolado de la confortable casa de dos plantas que Mack compró para su nueva familia. La casa estaba cerca de la boutique de Priscilla, aunque Suzie había decidido trabajar la mayor parte del tiempo en casa y había transformado un granero que había en el jardín en su taller. Mack y Katy se habían convertido en su primera prioridad, por lo que había reducido mucho sus horas de trabajo y solo aceptaba encargos especiales.

El último había sido su propio traje de novia.

Puso mucho más cuidado en él que en el que había diseñado para su frustrada boda con Tristan. Aquel lo había diseñado para la sofisticada y repeinada Suzanne, ganadora del Premio al Mejor Vestido del Año, mientras que su nuevo vestido lo hizo pensando en la alegre y despreocupada Suzie. En la verdadera Suzie, con rizos y todo.

El vestido era extremadamente sencillo, sin mangas y con un amplio escote ideal para un día de verano, y estaba hecho de pura seda blanca, con una delicada línea de flores de encaje que bajaba por la parte de atrás de la falda y rodeaba el bajo.

En lugar de velo, se puso unas pequeñas rosas de color rosa pálido entre los rizos castaños, que se dejó sueltos sobre los hombros. Las únicas joyas que llevó fueron los pendientes de zafiros y diamantes que Mack le había comprado como regalo de boda.

Cuando salió de la casa, llevando un ramillete de rosas recién cortadas en distintos tonos de rosa, el equipo estereofónico escondido en el jardín esparció por el aire las románticas notas del tema *Amor verdadero*.

Mack la esperaba en el jardín, junto al oficiante y los escasos testigos: la madre de Suzie, Priscilla, su marido Harry y sus hijos, y, por supuesto, la pequeña Katy. Harry fue el fotógrafo oficial, y el único.

Mack se giró para mirar a su novia y sonrió cuando sus ojos se encontraron. Ella le devolvió la sonrisa, con ojos llenos de amor.

Su madre sostenía en brazos a Katy, que se había recuperado completamente.

Suzie lanzó una tierna sonrisa a su hija y sonrió a su madre con un toque de ironía, al recordar la reacción de Ruth cuando la había llamado para decírselo, tres meses antes.

Ruth se había quedado horrorizada cuando Suzie le había dicho que había vuelto a ver a Mack Chaney y que él, y no Tristan Guthrie, era el verdadero padre de su hija. Y aún más horrorizada se había quedado cuando le anunció que Mack y ella iban a volver a casarse en cuanto encontraran una casa donde vivir.

–¿Vas a seguir casada con él? Pero si ni siquiera tiene trabajo... –había exclamado su madre–. ¿O lo tiene? –había preguntado con un cierto tono de esperanza. Pero no esperó la respuesta–. Oh, Suzie, querida, sé que te va bien en tu trabajo, pero ¿lo has pensado bien? ¿Puedes pagar una casa? –bajo aquella pregunta yacía otra: «¿Puedes mantener a un marido vago e irresponsable?»

–Está claro que nunca lees las páginas de economía del periódico, mamá –contestó Suzie, burlona–. Te mandaré un artículo sobre Mack que apareció el otro día. Y, por cierto, en los negocios Mack usa su primer nombre, Stephen. Stephen Chaney.

Su madre se había quedado completamente confundida, pero Suzie se había negado a decirle más y al día siguiente le había enviado el artículo por correo. Dos días después, Ruth la había vuelto a llamar, asombrada y encantada de que aquel chico malo hubiera resultado ser tan listo y se hubiera hecho de repente rico y famoso.

–Pero tendrá que tener cuidado –le dijo a Suzie, todavía dudando–. El dinero que se gana fácilmente, puede perderse fácilmente.

–No te preocupes, mamá. Mack es un experto en informática y tiene un equipo de contables detrás. No hará ninguna tontería. Él no es... como papá –dijo Suzie–. No juega, ni bebe, y ha vendido su Harley. Ahora tiene un BMW.

–¡Un BMW! –eso pareció impresionar a Ruth.

–Las dos nos equivocamos con él, mamá –dijo Suzie con amargura, pensando en el tiempo que había perdido–. Lo comprenderás cuando lo conozcas de verdad.

Cuando Ruth llegó a Melbourne, se encariñó inmediatamente con Mack. Incluso le agradeció haber salvado a Suzie de cometer el mayor error de su vida.

–Yo la empujé a esa boda con Tristan Guthrie –admitió débilmente–. Sabía que Suzie no lo quería como te quería a ti, Mack. Pero pensé que sería más feliz con un marido respetuoso, fiable y rico. Pero el amor es lo más importante al final, ¿verdad? –dijo, con los ojos empañados.

El amor de Ruth por el atormentado padre de Suzie podía haber flaqueado en muchas ocasiones, pero nunca había muerto, y la había sostenido en los peores momentos.

–Sí, mamá –dijo Suzie, sonriendo–. El amor es lo más importante.

Y los ojos de Mack parecían decir lo mismo

cuando se unió a él en el jardín. Ellos no necesitaban sus millones, ni su fama, ni su coche. Solo se necesitaban el uno al otro y a Katy. En realidad, Mack había donado parte de dinero a causas de caridad y había invertido otra buena parte en asegurar el futuro y la educación de Katy, pues sabía que la seguridad era muy importante para Suzie.

–Aunque Digger Software quebrara mañana –le había dicho a Suzie–, el futuro de Katy está asegurado. Y nosotros podríamos encontrar otros trabajos. Sobre todo tú, que tienes tanto talento. Ahora podrías fundar tu propia firma, si quisieras.

–Más adelante, quizá –había contestado ella–. Por ahora, quiero estar contigo y con Katy y aceptar solo algunos encargos. Y, tal vez, tener unos cuantos bebés más, para llenar todas esas habitaciones...

–Bueno, tal vez yo pueda ayudarte con eso –respondió Mack con un destello malicioso en la mirada. Y la había intentado ayudar a satisfacer ese deseo cada noche desde entonces.

Cuando renovaron sus votos nupciales, Suzie se preguntó con un escalofrío si Mack adivinaría el secreto que ocultaban sus ojos. Lo había sabido la mañana anterior, después de comprar una prueba de embarazo en la farmacia.

Se preguntó, soñadora, si Mack querría un niño esta vez. Un hermanito para Katy sería maravilloso. Pero igualmente lo sería otra preciosa niñita.

Suzie clavó los ojos en los de Mack cuando se declararon amor eterno. Contempló el profundo amor que brillaba en las negras profundidades de aquellos ojos y comprendió con un estremecimiento de felicidad que la vida no podía ser más perfecta.

¿Qué podía hacer una mujer que creía que le quedaba solo un mes de vida? La tímida Suzanne Mercer decidió que no iba a esperar más para seducir al hombre que había deseado durante toda su vida, su vecino, el doctor Griffin Scott.

Después de todo, ¿qué mejor manera de pasar sus últimos treinta días que con un médico increíblemente atractivo?

PÍDELO EN TU PUNTO DE VENTA